文庫
ノンフィクション

最前線の医師魂

空母から復員船へ 若き軍医の手記

加畑 豊

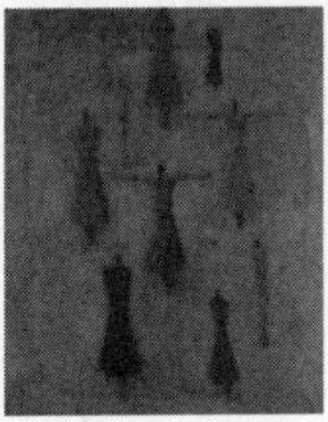

光人社

はじめに

巷間、戦記と称されるものが多数発刊されているが、そのほとんどが、直接戦闘に参加した一般兵科の立場から書かれたものだ。それだけに戦闘場面の描写に優れ、臨場感に溢れている。さすが、と感心する。

それに比べると私のほうは、職業柄もあるが少々迫力に欠けている。

私は軍医として太平洋戦争に参加した。もちろん刀を振りかざして敵陣に斬り込んだり、銃を取って戦ったわけではない。それどころか、マリアナ沖海戦の時は戦闘の間、応急治療室に当てられた士官室の中で、彼我の銃砲声に肝を冷やしながら、身体を縮めて、（死んでも命があるように）神様に祈っていた始末だ。

どう考えても勇敢に戦ったとは思えない。

空母から降ろされた後は、地下工場建設を主目的の設営隊に配属され、そこで終戦を迎えた。要するに、芝居でいえば終始裏方を演じてきたのである。

しかし、地味な裏方でも、それなりに存在価値があり、殺風景な軍隊にもロマンの花が咲いたのである。

本書ではできるだけ時間を追って、その間のエピソードを拾い集めてみた。

終戦後は復員船に乗り組み、多くの同胞を内地に運んだ。その間、やむなく異境の地に抑留された陸海軍の将兵に会い、また、ほとんど身一つで逃避してきた引揚者の姿を見て、戦争がもたらす、もろもろの影響がいかに深刻なものか身をもって実感した。

二度とこんなことはあってはならない、と念じること頻りである。

ともあれ、私たちの青春は、戦争という修羅場の中で燃焼された。これを無意味なことに思う人もあれば、貴重な体験と受け取る人もあろう。

この際、当時の思い出を綴るのも、また意義があるかも知れぬ、と考え、あえて筆を取った次第である。

と言っても、なにぶん半世紀近くも前のことだ。掘り起こすにはあまりに混迷の彼方にある。若干の間違いはご容赦いただきたい。

なお、文中、都合上仮名を用いたところがあり、また多少フィクションをまじえた部分もあるが、勝手ながら、これもついでにご了承いただくことにした。

大正12年１月、静岡県に生まれる。昭和18年９月、東北帝大医学専門部を卒業、19年４月に空母「隼鷹」乗り組み。同年11月、茨城県茨城郡福原地区の海軍3014設営隊軍医長となり、同地で終戦をむかえる。その後、復員船「早崎丸」の医務長を務め、昭和21年12月、充員召集解除となる。写真は上より東北帝大、軍医少尉、設営隊時代の著者。

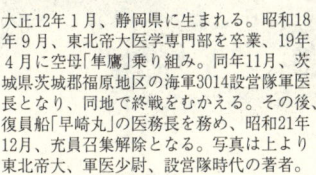

△設営隊におとずれた慰問団の人々とともに。前列左端が著者。◁▽昭和23年ごろの開業をしてまもない時代、乳幼児検診と日々の診療の様子。

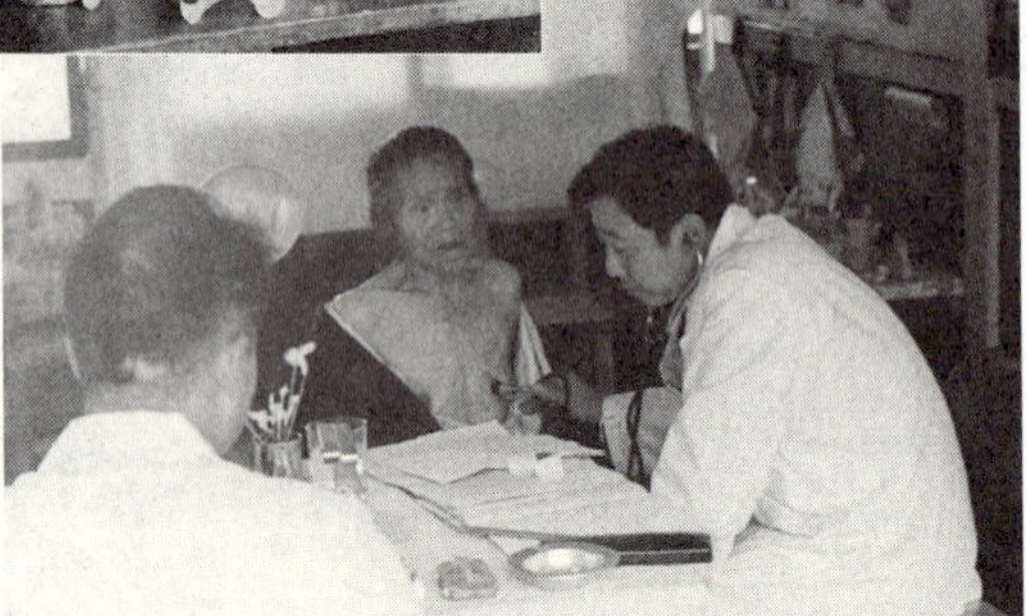

最前線の医師魂——目次

第一部　空母

第二部　設営隊

第三部 復員船

最前線の医師魂

空母から復員船へ　若き軍医の手記

第一部　空母

タウイタウイ泊地

昭和十九年四月、第一機動艦隊司令部付を命ぜられ、病院船「氷川丸」に便乗、横須賀軍港を出発した。

この時点では、機動艦隊の居場所は、皆目不明である。同乗者は連合艦隊組十数名と、それ以外の部隊へ赴任する者、合わせて総勢二十数名であった。

病院船に軍医が乗るのは、至極当たり前の話だが、多数乗船していると、国際法違反と見なされる恐れがある。日中は努めて外に出ないよう申し渡された。

船内には特に遊ぶ道具はない。陽の明るいうちは座学、体操、それに飽きると、もっぱら雑談に花を咲かせることになる。なかには結構雑学に長《た》けた者もいて、私などは眼の色を変えてヨタ話に耳を傾けたものだ。

サイパン島、トラック島、パラオ島等寄港するたびに、少しずつ同僚の数が減ってゆく。

トラック島を通過する際、船上から、島の飛行場に、多数の飛行機が整列しているのを望見したが、数日後、敵艦載機の攻撃により、ほぼ全滅の被害を受けたのを知り、前途に微かな不安を抱いた。

夜は、航行中、潜水艦の誤射を避けるため、中央煙突わきに設置された十字型の大イルミネーションが緑色に輝き、澄み切った大空に散りばめられた無数の星が、あたかも濃紺の絨毯にばら撒かれたダイヤモンドを思わせ、一段と華やかに映った。

パラオかちバリックパパンに向かう夜、ボート・デッキで、涼風に吹かれながら眺めた、南十字星の瞬きが印象的だったのを、今でも鮮やかに思い出す。

不思議に、船はどこの港でも傷病兵を収容しなかった。今にして思うと、病院船「氷川丸」は、われわれ軍医たちを勤務地に無事送り届けることが、主な任務だったのかもしれない。

バリックパパンよりアンボンを経てスラバヤに至り、ここで下船した。さちに海防艦、油槽船、駆潜艇等、次々に乗り替え、ようやくフィリピン・タウイタウイ島沖に集結中の機動部隊に着到。五月二十日の夕刻であった。

連合艦隊の行動は、部内でも極秘のため、捜すのに苦労したのである。

戦記によれば、戦艦六、空母九、巡洋艦一三、駆逐艦三三、補給艦一二の総計七三隻が五月十六日に集結を完了している。

ただちに第一機動艦隊・旗艦「大鳳」に至り、着任を申告、「隼鷹」乗り組み（承命服務）を命ぜられた。

重量二万四〇〇〇トン、搭載航空機五三、速力二五ノット、客船「橿原丸」改造の特設空母、これが私の初めて乗った航空母艦である。

私にとって、このような大艦隊を目の前にするのは、初めての経験だ。おのずから身の引き締まる感動に打たれ、しばし舷側に佇《たたず》む。

わけても際立ったのは、第二艦隊・第一戦隊の戦艦「大和」「武蔵」の威容である。その圧倒的な量感と、神々しいまでの造形美に、戦慄にも似た痺れるような感銘を受けた。

この時、第二航空戦隊（空母「隼鷹」「飛鷹」「龍鳳」）の配属機は一四四機、第一機動艦隊の全空母九隻に搭載された航空機は、戦・爆・攻・偵合わせて四五〇機になる。

飛行甲板に立ち、刻一刻と濃い藍色へ傾斜して行く夕靄の中に、つぎつぎと姿を現わす大艦隊の威容を目の当たりにした時、来るべき決戦の日を思い、若い私の心はかぎりなく高揚したのである。

帝国海軍が総力を結集したこの連合艦隊が、よもや、わずか一ヵ月後に、見るも無残な敗北を喫しようとは、神ならぬ身の知る由もなかった。

発着訓練

空母の訓練は艦載機の発着が主体となる。

「隼鷹」は、正規空母に比べ飛行甲板が二一〇・三メートルと短く、速力も劣った。そのため、たとえば正規空母「大鳳」は飛行甲板が二七二・〇メートルもあり、速力も三三ノット出るので、無風でも彗星（急降下爆撃機）を発艦できたが、「隼鷹」は海上風速が一〇メートルないと発艦できなかったのである。

「タウイタウイ島」は面積五九〇平方キロ、最高地点五四八メートル、泊地の三方は、平坦なサンゴ礁の島で囲まれ、波静かな泊地であったが、七十余隻に達する大小の艦艇を擁しては、さすがに狭い感じだ。

空母の発着訓練には広い場所がいる。風もなければならない。となると、危険を承知で湾外に出ることになる。

さて一歩外海に出ると、もはや敵潜水艦の監視下にある、と覚悟しなければならない。駆逐艦四隻に守られ、しばらくジグザグ航行の後、やがて艦首を風上に向けて全力疾走に移る。

当然狙われるのはこの時が多い。敵から見れば、標的が風に向かって直線に進むので、照準を付けやすいのだ。空母「千代田」(三航戦)も五月二十二日、発着訓練中、潜水艦の魚雷攻撃を受けている。

航空機発艦時の事故はほとんどないが、問題は着艦時にあった。

後部甲板には十数本の制動索が張られ、着艦開始の信号旗が揚がると、上空に待機していた飛行機は、母艦後方から素早く飛行甲板に滑り込んでくる。

飛行機の胴体から垂れているフックが、制動索の一つに掛かると、約三〇メートル引きずられながら滑走し、一瞬、前のめりになって停止する。

整備員によって手早くフックが外されるや、再び自力滑走して前部甲板に至り、昇降機で下降、艦内に格納される仕組みだ。

その間、昇降機の後ろには網製の「バリケード」が張られ、次の着艦機が追突するのを防ぐようになっている。

昭和十九年五月三十一日

私にとって、初めての事故に遭遇した。

零式艦上戦闘機が、着艦時に目測を誤り、フックが制動索に届かず、そのまま「バリケード」に激突したのである。待機員が急いで飛行士を引き出したが、すでに事切れていた。頸椎骨折である。飛行技術の低下は、この頃からようやく顕著になってきたのだ。

真珠湾攻撃時には、優れた技能を発揮した兵士たちも、その後MI作戦、アリューシャン作戦、南太平洋ソロモンおよびラバウル方面作戦、その他第一次、第二次ソロモン海戦等で相当数が消耗している。熟練者が減り、そのぶん未熟者が増える道理だ。

泊地待機の約一ヵ月間に、発着訓練による航空機の損耗は、全空母で五七機と記録されている。

この日、南溟の空はかぎりなく明るく澄んでいたが、水平線の彼方に、一握りの白雲が音もなく姿を現わしつつあった。

それは、明日からの厳しい運命を暗示するかのごとく、次第に容積を増し、やがてわれわれの上にスコールとなって降り注いだ。

マッチ箱爆弾

航空母艦は簡単に言えば、細長い最中《もなか》のような構造である。中の餡《あん》に当たる部分を航空機の格納庫とすれば、まわりの皮が通路や居住区にあたる。

私の居室は、士官室の真下、右舷中央の中甲板にあった。

三方を鉄壁に囲まれた六畳くらいの部屋に、予備学生出身の佐藤少尉と、応召歯科医の皆竹《みなだけ》中尉と私が、三人一組で同居することになった。

佐藤少尉は薬専出身にもかかわらず、予備士官を志願した変わり種で、通信科暗号班長である。期せずして最小単位の三師会（医科・歯科・薬科）が誕生したことになる。ともに相前後して「隼鷹」に着任したこともあって、妙にウマが合った。

皆竹中尉は年も四十近く、頭の毛も薄かったが、性格は温和で、さばけた人柄である。顔は面長で、特に耳が大きく、歌舞伎の市川羽左衛門をもじって、いつの間にか「耳だけ羽左衛門」という名綽名《あだな》がついた。綽名はやがて「耳だけ中尉」と簡略化された。

彼もまた自認し、酒が入ると、長い耳を引っ張りながら、

「俺の耳は伊達じゃないぞ、地獄耳と言って、何でも聞こえてくるんだ……」

と、言っては、各種の情報や噂話を伝えてくれたものだ。なかでも再三聞かされたのは、「マッチ箱爆弾」の話である。

「いまに、マッチ箱くらいの大きさの特殊爆弾ができて、これを飛行機からポイッと落とすと、戦艦の一つや二つ、一遍に吹っ飛ばしてしまう時がくる」

というのだ。

夢物語も何度か聞かされると、さすがに飽きがくる。もちろん私たちは信用していない。ニヤニヤしながら、適当に聞き流していたが、彼が予告した「マッチ箱爆弾」は、いち早く

敵方が一年後に完成させ、まさに、一発よく一都市を壊滅させた。
原子爆弾である。

「あ号」作戦

昭和十九年五月　十七日　英米仏連合艦隊、スラバヤに来襲。
〃　十八日　敵機動艦隊、トラック島攻撃。
〃　二十日　午前零時、「あ号」作戦開始の命令下る。
「あ号」作戦とは、米機動部隊をパラオ、フィリピン、ビアクの三点内に捕捉し、わが航空および艦隊の総力を挙げて、大決戦を敢行する作戦である。
実際の戦場はマリアナ列島海域になったため、後に「マリアナ沖海戦」と呼称された。
昭和十九年五月二十一日　敵機動部隊、南鳥島に来襲。
〃　二十二日　空母「千代田」(三航戦)発着訓練中、敵潜水艦の攻撃を受く。
〃　二十四日　敵機動部隊、ウェーキ島に来襲。
〃　二十六日　ビアク島に敵約一個師団上陸。
〃　二十九日　サイパン島にB24、一二機来襲。
〃　三十日　敵機動部隊メジュロ環礁に集結中。敵兵力、空母七隻を含む約四〇隻。
昭和十九年六月　五日　高速偵察機「彩雲」より情報あり。

昭和十九年六月　九日　「マーシャル群島、メジュロ環礁付近に米空母一四、戦艦六を中心とする敵機動部隊、多数集結中なり」

「彗星」より受電、

「サイパン島東南、約四五〇海里に、北西に向かう敵機動部隊と多数の水上艦艇を発見」

同夜、タウイタウイ沖にて、駆逐艦「谷風」「浦風」、敵の魚雷を受け、瞬時沈没。

〃　十日　夕刻、「敵機動部隊、グアム島南二〇〇海里に接近、攻撃隊形で北上中」の情報入る。

「あ号」作戦決戦準備発令。

〃　十一日　サイパン、テニアン、ロタ、グアム各島に対し、敵機動艦隊、艦砲射撃を開始。

〃　十二日　敵機動部隊、マリアナ諸島（特にサイパン、テニアン）に上陸を開始。

櫛の歯を引くように電文が届けられる。立ったまま、手早くサインすると、伝令は一刻も惜しむように、また走り去っていく。

手渡される通信の多くは、敵電波の傍受情報であった。その間を縫うように、つぎつぎと艦長命令が伝達される。

身辺ようやく騒然となった。

昭和十九年六月　十三日　午前九時、全艦艇タウイタウイを出撃、ギマラス島に向かう。

午後二時、サイパン・テニアン水道に、戦艦八隻を主力にした、三〇隻以上の敵機動部隊進入、艦砲射撃を開始。

午後五時二十四分、「あ号」作戦決戦用意発令。

〃　十四日　ギマラス着、燃料補給。

刻々、雌雄決戦の秋迫る。この日、午前中から曇りがちであったが、夕刻になって天候は見る見る悪化した。

アウトレンジ作戦

昭和十九年六月十二日
サイパン、テニアンへの敵上陸の報に続き、通信入る。
「マリアナ列島東方に、空母一二隻を基幹とする敵機動部隊及び補給船団、計八〇隻が西方に航行中である」
昭和十九年六月十三日　午前九時
第三艦隊・第一航空戦隊（旗艦「翔鶴」）に続き、第二航空戦隊・旗艦「隼鷹」を先頭に、「飛鷹」「龍鳳」、戦艦「長門」ほか駆逐艦七隻は、燃料補給のため、ギマラス泊地へ移動を開始した。
対潜警戒機に守られながら、ただちに飛行訓練が始まる。

たちまち、飛行甲板は耳を聾する轟音に包まれた。

蒼穹は、つぎつぎに発艦する飛行機に覆われ、百余の銀翼が自在に乱舞する様は、まさに壮観というほかはない。

見守るわれわれの顔は、軒昂たる意気に溢れ、よもや、この空の精鋭が、やがて全滅に近い損害を受けるとは、露ほども想像できなかったのである。

この日、午前中は晴れていたが、午後より曇りがちとなり、風雨次第に強まった。

昭和十九年六月十三日　午後五時二十四分

「あ号」作戦決戦用意発令。

海軍では、以前から「アウトレンジ戦法」が唱えられていた。直訳すれば、遠距離先制攻撃である。敵の射程外から砲撃できれば、我方に被害なく、彼を一撃できる理屈だ。航空戦でも例外はない。

ちなみに彼我戦闘機について比較すると、次のようになる。

機種	航続距離	重量	速力
零戦（二一型）	一八〇〇キロ	二・五トン	五一八キロ／時
グラマンF6F	一三六〇キロ	五・五トン	五二〇キロ／時

すなわち、零戦はグラマン機に比べて、はるかに長距離を飛べるため、敵機行動範囲外からこれを撃つことが可能である。

タウイタウイ泊地集結の一ヵ月間は、この戦法が最も効を奏する地点に、標的が接近する時を、満を持して待機していた期間でもあった。疑問に思う者もいたが、すでに賽は投げられたのである。
シーザーならずとも、眦《まなじり》を決して、断固ルビコン川を渡る以外に勝機はない。
昭和十九年六月十四日　午後三時
わが艦隊はギマラス島東方泊地に投錨した。この日、強風の中、暗夜を衝いて行なわれた重油の全艦補給量は約一万八〇〇〇トンである。

太平洋に撃って出る

昭和十九年六月十五日
早朝、敵輸送船団、約三〇隻が、サイパン西方海面に現われ、上陸を開始した旨の無電を受けた。

午前七時十七分、「あ号」作戦決戦発動命令下る。

午前八時、日本海海戦、真珠湾攻撃時に続いて、各旗艦の檣頭高く、第三回目のZ旗が翻った。

「皇国の興廃この一戦にあり、各員一層奮励努力せよ」

徹夜の補給作業が終わり、一同、息つく間もなく「決戦発動」の命令に接し、ただちに臨戦態勢に入る。

この日、ギマラス泊地の空は晴れ渡っていたが、ちぎれ雲の脚は速く、海面はなお相当に荒れていた。

昭和十九年六月十六日

夜は明けはなれ、灰色にくすんだ藍色の海面には、白い波頭の舞台が広がっている。

それは、数限りなくつぎつぎと現われては踊り、踊っては砕け、やがて、水平線の彼方に消えて行った。

午後二時過ぎ、

「敵機動部隊は、硫黄島と小笠原群島に対し、艦載機にて攻撃中」

との報告あり。

午後五時三十分、第二航空戦隊はサマール島北端をかすめるように、サンベルナルジノ海峡を通過、日没近く太平洋に撃って出た。

ただちに輪形陣を取り、ジグザグ航法に移る。艦隊速力二〇ノット。

すでに通路のリノリウムや壁塗料、その他可燃性のものは徹底的に削りとられている。

さらに、決戦発動と同時に、簡易ベッド、隔壁代わりの帆布、その他身の回り品一切は、すべて水線下に格納され、艦内はさながらガラ空きの倉庫と化していた。

私も、手早く戦闘服に着替え、軍刀を片手に、寝床を兼ねたアンペラ（うすべり）一枚を抱え、応急治療室に当てられた前部士官室に移動する。

軍刀は、当時の価格で五円くらいの昭和新刀であったが、お守りも千人針もない私にとって、一種の守護神であった。

零戦で出撃する兵士が、必ず日本刀を抱えて乗り込んだように、私もこれを手にすると、何となく気分が落ち着いたものである。

単なる象徴としか思えぬこの代物が、後に、意外なところで役に立つことになった。

多連装ロケット砲

昭和十九年六月十六日
午前五時三十分より午前八時三十分の間、わが艦隊の至近距離から長文の電報を送信した敵潜水艦を確認した。

わが行動は、早くも敵に察知された模様である。

いつ攻撃を受けても不思議はない。

「合戦準備、配置につけ！」

号令が艦内に響き渡った。漠然とした不安と緊張が、否応なく精神の浮揚感を高める。

密閉した士官室の中に、重苦しく、不気味な時間が過ぎていった。

臨戦態勢にあっては、みだりに持ち場を離れてはならぬことになっていたが、私はしばしば艦橋や、舷側に特設されたロケット砲へ足を運んだ。

軍医の行動は邪魔にならぬかぎり、比較的大目に見てもらえたのである。

このロケット砲は「あ号」作戦時、初めて「隼鷹」「飛鷹」に新設され、正式には「一二センチ二八連装噴進砲」と呼ばれ、両舷に三基ずつ備えられた。

構造は、四角の筒を二八に区画し、これにロケット弾を詰めるようになっている。使い方は簡単だ。油性松明《たいまつ》で弾尾部に点火すればよい。

砲身が短く命中率が悪い、というより当たったら不思議という代物だ。タウイタウイ泊地待機中、このロケット砲の試射を見学したが、弾丸が発射されるや、いっせいに四方八方に広がって、思い思いの高度で爆発する様は、真昼の祭り花火のように賑やかであった。

もちろん、撃つ方で、弾の行方に責任を持たないから、撃たれる方はまったく予測不能だ。敵にとっては迷惑この上ない。実戦では、これが存外な働きをしたらしい。

当時、射撃指揮官でもあった佐藤少尉は、二十日の戦闘で、少なくとも六機は撃ち落とした、と自慢している。話し半分としてもかなりの命中率だ。

もっとも、太平洋戦争では、敵機動艦隊は戦闘機による防御ラインと、近接信管（ＶＴヒューズ）付き砲弾、レーダー等により、完璧に近い防御網を張り巡らした。

そのため、わが攻撃機は、魚雷発射の地点に行くことさえ困難であったというから、それに比べれば、そう自慢できる話ではないかもしれない。

矢は放たれた

昭和十九年六月十七日

午前五時四十分、グアム基地より「敵北方より来攻」の無電入る。

午後三時現在、二航戦は、サイパン島西八〇〇マイル洋上にあった。戦艦「長門」は「隼鷹」の後方二キロに控え、四万三五八〇トンの巨体は悠々あたりを睥睨《へいげい》し、両舷三キロの地点には、それぞれ護衛駆逐艦「山雲」「野分《のわき》」が四方を警戒しながら波間に隠顕している。

当日は南東の風強く荒模様で、海上風速一六メートル、波高三・五メートルであった。同十六時より十七時にかけ、天山（艦上攻撃機）一一機が、サイパン周辺の敵機動部隊を攻撃、輸送船四、巡洋艦一、駆逐艦四に雷撃を加え、大損害を与えたとの報告を受く。

続いて、午後五時、サイパン島基地より無電が入った。

「六月十四日、サイパン東南岸に上陸した敵は、目下アスリート飛行場を攻撃中」

昭和十九年六月十八日

午前五時、彗星・偵察機から受電。

「サイパン島南一五〇マイルに、五群よりなる正規大型空母八隻、巡洋艦改造空母七隻、他各種艦艇約一二〇隻を発見、なお東四〇〇マイルに補給船団多数を認む」

この日、祖国日本では、浜松をはじめ北九州、小倉、枝光などの各都市がB29の空襲により、壊滅的損害を受けていたのである。

敵機動部隊との距離は、なお三八〇マイル遠方にあり、決戦は翌十九日に持ち越されることになった。

昭和十九年六月十九日

午前六時四十分、索敵機より飛電あり。

「敵機動部隊見ゆ。戦艦四、空母四、他艦艇多数、付近の天候、半晴視界一〇マイル」

午前八時三十分、三空母より第一次攻撃隊四八機が発進、一同戦闘配置のまま「帽振れ」

で送る。搭乗員は、座席から手を高く差しのべ、これに答える。

祖国の命運を双肩に担って、飛び立ってゆく若者に送る無言の激励は、同時に、再び帰るを期さぬ戦友に告げる別離でもあった。

艦橋直下の飛行甲板に立ち、私はやがて爆音高く銀色の点となって紺碧の空へ消えてゆく機影をしばし見送った。

この第一次攻撃隊は、午前十一時四十五分、戦艦を含む敵機動部隊を発見し、その一部に損害を与えたが、約四〇機の敵戦闘機に妨げられ、戦果不十分のまま、帰投のやむなきに至る。損害は七機であった。

ドラマの幕は揚がった

昭和十九年六月十九日　午前十時五十分
わが二航戦・第二次攻撃隊は二群に分かれて発進した。敵との距離はなお三五〇海里あり、攻撃後母艦に帰投するには、機種により性能が異なり、また技量の面で差があるため、状況により、任務終了後は、グアム島または付近の陸上基地に着陸してさしつかえない、と指示されていた。
一群一五機は午後二時三十分頃、ロタ島の西海面に空母三隻を基幹とする部隊を発見、相当の被害を与えたが、六機を失ってロタ島基地に着陸。
二群四九機は、予定地点に敵を発見できず、グアム第一飛行場に着陸する直前、敵戦闘機の待ち伏せに遭い、無事着陸したのはわずか九機であった。

十九日正午過ぎより、「隼鷹」を中心に三空母は横広に展開し、攻撃隊収容の準備にかかる。

午後一時頃より、三々五々帰投する味方機が増えてきた。いずれも多少の差はあれ、損傷を受けているらしく、緊急信号の翼振りをしながらの着艦である。

やがて、消耗した顔付きで搭乗員が姿を現わした。往復七〇〇マイルの索敵航行がいかに過酷なものか、報告を終え、居住区へ向かう彼らの足取りは重いものがあった。

夕刻までに収容した飛行機は二八機である。一方、この間、「翔鶴」は米潜水艦の魚雷四発を受け、午後二時一分に沈没し、虎の子空母「大鳳」もまた同二時三十二分、ヤップ島沖にて、米潜水艦アルバコアの魚雷を受け、艦内燃料の誘爆を起こし、二万九三〇〇トンの巨体は海中深く姿を消した。

爆発の死煙は「隼鷹」からも望見され、万感の思いで見守ったのを覚えている。

米軍は、基地から三〇マイル前方の上空に迎撃機を待機させ、鉄桶の陣を張って我方を迎え撃ったのだ。

はるか三六〇マイルから疲れ果てて、ヨタヨタと攻め寄せたところで、数においても優勢な敵に勝てる道理がない。

後に、敵が「マリアナの七面鳥撃ち」と称したように、わが空軍はグアム飛行場を目前にして、完膚なきまでに叩きのめされたのだ。理屈の上では有利、と考えた「アウトレンジ作戦」も、ついに裏目に出て終わった。

ドラマの幕は、まだほんの少し巻き揚げられたばかりなのに、この時点で、当初保有の飛行機は、四五〇機から一二七機に減ってしまったのだ。

戦いの詳細は、われわれ末輩の知る術もなかったが、大略の様相は例の「耳だけ中尉」があちこちから仕込んで来、また佐藤少尉は暗号班長を兼務していたので、攻防の推移はおぼろげながら察知できた。

三人顔を寄せ合って絞り出した結論は、この戦いはどうやら負けたらしい、ということである。

すでに日没が近い。急速にかげり始めた陽光が、すべてに淡いたゆたいを与え、各艦艇は黙々と明朝の会合点に向かっていた。

対空戦闘

昭和十九年六月二十日

午前四時三十分、この日最初の索敵機が、東の空に向かって飛び立った。艦隊は午前七時、予定の会合点に達し、待機していた油槽船はただちに燃料補給を開始する。

この日も洋上は波高く、作業は困難を極めた。全艦艇への給油が完了したのは、午後三時近くである。

この頃、上空を警戒中の哨戒機が、敵飛行艇らしき機影を発見し、同時に彼の発した平文を傍受した。あえて暗号を用いないところに敵の余裕を感じる。

午後四時十分、わが索敵機は、約二〇〇マイル東方に空母二、戦艦二を基幹とする敵機動部隊が西行中のところを発見、通報したが、間もなくグラマン機の追尾を受け、以後通信は途絶した。

二航戦はただちに夜戦を仕掛けるべく、午後五時、残存機を全機発艦させ、一転、ギマラス泊地に針路をとる。

旗艦「隼鷹」を中心に、左後方に姉妹艦「飛鷹」、右後方に「龍鳳」がつづき、右前方に戦艦「長門」、左前方に重巡「最上」が先行、さらに周辺を「野分」「山雲」ほか五隻の駆逐艦が固め、いわゆる輪形陣を張って敵を迎撃する構えだ。

今や手持ちの飛行機はなく、敵機来襲せんか、装備の全火器に物を言わせるのみ。

午後五時三十分、わが攻撃隊が視界から消えた頃、一航戦・旗艦「瑞鶴」より緊急警報が二航戦に飛んだ。

「敵攻撃機見ゆ、貴隊に向かう、一七二八」

ついに芝居の幕は揚がった。

「対空戦闘、総員配置に付け！」

悽愴たる殺気が艦内に充満した。

艦橋のラッパが、スピーカーが艦内に危急を告げる。

右舷ポケットに待機中の私は、転がるように、前部治療室に当てられた士官室に飛び込んだ。

たちまち周囲は叫喚の坩堝《るつぼ》と化した。全艦火の玉となり、いっせいに雄叫びを上げる。

高角砲は咆哮し、機銃が唸った。

耳を聾する轟音は、鼓膜を破らんばかり……。

高速機関の呻きが艦隊を震わせ、不気味に軋む。艦は全速で急変針を繰り返し、左右に傾き、立っているのがやっとである。

部屋の隅に固定した器材架から、包帯や薬瓶類が音を立ててあたりに散乱した。

一瞬、頭上を閃光が走り、間髪を入れず烈風が全身を叩いた。

軍医長・タコ坊主

その瞬間、視野が炸裂し、聴覚が弾けた。F6Fヘルキャットの機関砲の強烈な一連射が、正面壁をブチ抜いたのだ。室内は激しい衝撃に見舞われ、硝煙が充満した。

一拍の間を置いて「ズズーン」という、前に倍する振動と爆発音が後方を襲い、同時に艦内の電灯がいっせいに消えた。艦全体が痙攣するように揺れ、グラリと傾く。

（やられた！）

刹那、恐怖が背中を垂直に貫き、顔から血が引くのが自分でもわかった。爆弾が司令塔の一部と、外斜に突き出た煙突を、根こそぎ、もぎ取ったのだ。

機関室のボイラーが破壊されたらしく、蒸気の塊が、甲板の下からモクモクと、積乱雲のように噴き上げて来た。一時は有毒ガスと錯覚して防毒面を装着したが、その必要はなかったようだ。

気が付くと、いつの間にか銃声が途絶え、忘れていた波の音が身近に戻っている。戦いは終わったらしい。幸い、部下は全員無事であった。彼らは一時の打撃から立ち直り、散乱した器材をいっせいに片付け始めている。

午後六時十八分　戦闘はわずか四〇分足らずだったのに、私は長い一日に思えた。

蒸気は右舷・烹炊所の爆破損傷によるものと判明、噴出は間もなく止まった。

ハッチを開けて外に出る。艦橋を見上げると、佐沼軍医長が、タラップを急いで降りて来るところであった。沈痛な面持ちである。

彼は私の顔を見るなり、緊張した声を放った。

「艦長と司令官以外はほとんどやられた。艦橋の応急治療室も使えん。貴様のところへ移るぞ！」

佐沼少佐は、重巡「摩耶」、空母「赤城」等を歴任し、数々の海戦を経た、いわば戦場往来のツワモノだ。

彼は身嗜《みだしな》みのよい海軍士官の中では、異色の存在であった。大頭、丸刈りで、常に無精髭を生やし、宴会ともなると、捩《ねじ》り鉢巻きで裸踊りを披露した。

酒席ではいつも人気者だ。

士官仲間からは「タコ坊主」などと陰口を叩かれていたが、外科の腕は抜群で、人望があった。

この軍医長が前部治療室に来ることになり、士気は一段と高揚したのである。

一方、飛行甲板を一瞥すると、至近弾のため、針状の細片が無数に突き刺さり、まるで荒野にススキが生えたように見えた。

その間を埋めて爆弾の破片、薬莢その他大小の上部構造物、電線等各種器材が無数に散らばり、惨憺たる有様である。もちろん、航空機の発着は不能だ。

突然、左前方からF6F戦闘機が、低空で突っ込んで来たかと思うと、見る間に後方に飛び抜けていった。

弾丸を撃ち尽くしたのか、銃撃もせず、白いマフラーをなびかせ、手を振りながら翔け去って行くその搭乗員の顔は、われわれと同じく、二十歳をいくらも出ない若者に見えた。

彼らは、戦いもまた、スポーツと心得ているのであろうか……。

俺たちの戦い

昭和十九年六月二十日

この日飛来した敵機は、米第三空母群の約二三〇機で、このうち、二航戦を襲ったのは空母レキシントンを発した、F6Fヘルキャット戦闘機、およびカーチスSB2C急降下爆撃機の計約一六〇機と言われる。

戦闘中、私たちには出番はない。締め切った仄暗い室の中で、交錯する彼我の銃声砲音を耳にしつつ、なす術もなく、待機の時を過ごすのは、それなりに勇気が要る。武器を手にして敵に向かうほうがよほど気楽だ。無限とも思える時が過ぎて行く。

物陰に身を寄せ、ひたすら運命の神が我を見捨てぬことを祈るうち、やがて戦いは終わった。

散乱した器材を、急ぎ片付けている時、最初に駆け込んで来たのは、ロケット砲の松明《たいまつ》係りである。その噴射する火炎で顔面を焼かれたらしい。

現今では熱傷にはまず水洗、そして抗生剤・軟膏の塗布が常識だが、当時はその考えはない。治療には、とにかく、やたらにチンク油を塗りまくったものだ。

わが軍医長は石炭酸を常用した。ガーゼ二枚を〇・五パーセント石炭酸液に浸し、これを患部に当て、その上からチンク油を塗る。石炭酸には鎮痛作用のほかに殺菌作用もあり、なかなか効果的であった。ガーゼ交換も容易で、化膿も防ぐ。

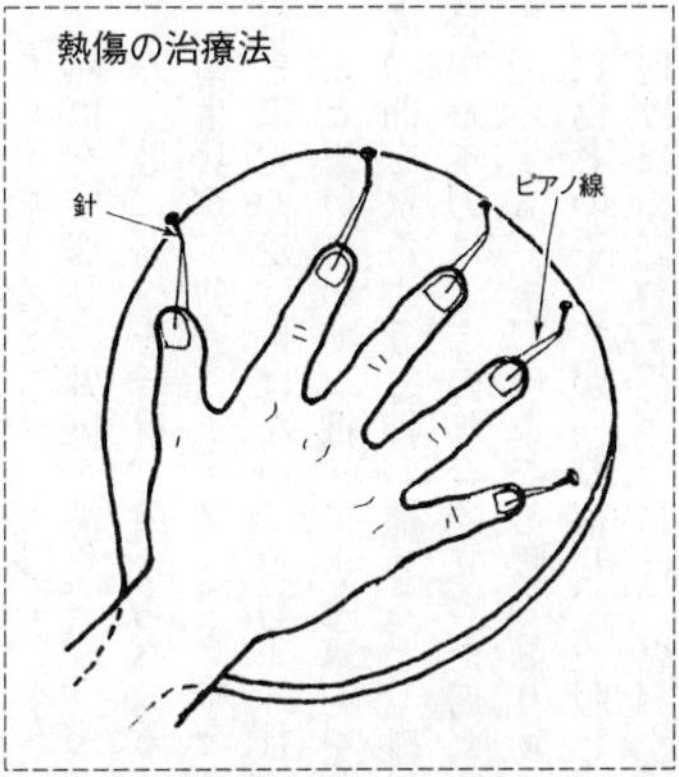

蒸気で、右手全指に第二度～第三度の熱傷を受けた兵隊が来た。

煙突直下の烹炊所で作業中、炊飯器が爆弾で破壊され噴出する蒸気で手を焼かれたのである。このままでは指が癒着してしまう。

佐沼軍医長は、炊事場から大シャモジを取り寄せ、これに各指をピアノ線で縫い付けた。荒療治である。しかし、おかげでこの兵の傷は一ヵ月後退艦する頃は綺麗に治っていた。

もちろん癒着も化膿もしない。

軍艦の中は細菌が少なく、今考えても不思議なくらい、化膿しなかったのである。

熱傷を皮切りに外傷が続く。

左上肢に銃撃を受け、肩からベッタリ血に染まった兵士が来た。

衛生兵が、剪刀《せんとう》（ナイフ）で衣服を切り裂こうとしても、血糊でゴワゴワになった布地は、容易に刃を受け付けない。夾剪《きょうせん》（外科鋏《はさみ》）でも同じだ。

ふと思いついて、携えてきた軍刀を取り出した。袖口から刃を上にして挿し入れ、布と皮膚の間を抉《こじ》るように押し進めると、難無く布地は両断された。剪刀に比べて重厚で刃渡りの長い日本刀は、この場合際立った切れ味を示したのである。

図らずも、軍刀は単なる腰の飾り物でないことを立証し、一応の面目を施したわけだ。

負傷者の手当てが一段落し、一服していると、ハッチを激しく叩く音がした。

何げなく立って行った私は、思わず「ワッ」と言って立ち竦《すく》んだ。頭の半分欠けた人間が、そこに立っているではないか……。

ハッチに寄りかかっていた男は、とうてい人間の顔ではなかった。頭から朱泥を浴びた、悽愴な姿を見た時は、思わず息を呑んで立ち竦《すく》んだ。膝が笑った。人目がなかったら、後も見ずに逃げ出したに違いない。

左眼窩を爆弾の破片で剔《えぐ》りとられ、洞穴になった所から、無数の赤いミミズが這い出したように、神経や血管がブラ下がっている。左側頭部からは、黄色い脳漿がハミ出していた。右眼だけが無事と見え、不気味に光っている。

その化け物は、右手に短い棒をもって佇《たたず》んでいた。彼は最後の力を振り絞ってハッチを叩き、自己の存在を、われわれに知らせたのに相違ない。

私がその兵士の肩に手をかけると、力の抜けた身体は、待っていたように倒れかかり、そのまま意識を失った。

ただちに応急処置にかかる。しかし、誰の眼にも、彼は絶望的に映った。

頭部を洗い、傷口を消毒する一方、衣服を脱がせ、ポケットを探る。認識票により、煙突周囲で見張員をしていた、宮村上等兵曹と判明した。

見張り機銃員は、大半が煙突とともに爆弾で跳ね飛ばされ、行方不明になったが、彼は司令塔と煙突の間に挟まれ、奇跡的に生き残ったらしい。

そのうち、衛生兵の一人が奇妙なものを発見した。

「分隊士、右のポケットに、こんな物がありました。何でしょう……?」

血に汚れてフニャフニャした、ピンポン玉に似たその物体は、紛れもなく彼の眼球であった。彼は受傷の際、無意識にそれを拾い、ポケットに格納しただけなのか、あるいはこれを眼に嵌め込めば、再び元の視力を取り戻せる、とでも思ったのか……?

一応の手当てが済むと、彼はそのまま室隅に放置された。戦闘中は、中軽傷者の手当てが優先される。一刻も早く負傷者を戦列に復帰させるのが、衛生科の任務だからだ。

いつの間にか、室内は負傷者で一杯になっていた。無我夢中のうちに、時間だけが過ぎてゆく。

包帯も残り少なくなり、一反木綿から四裂、六裂の包帯作りが始まった。文字どおり血と汗の中で、気が付くと、私自ら包帯作りに専念していた。ここでもわが軍刀は威力を発揮したのである。

　不眠不休の作業がやっと終わったとき、時計の針は午前一時をまわっていた。

後の始末を部下に任せ、疲労で鉛のように重くなった体を、アンペラに横たえたのは、二十一日の午前二時頃である。

　泥沼から這い出るように、深い眠りから覚めると、外はもう明るくなっていた。

機関砲に打ち抜かれた穴から、一条の陽光が、矢となって空間を奔《はし》り、対壁に円輪を投じている。

　例の宮村上曹のことが気になった。洞窟になった眼窩には、タンポンを押し込み、はみ出した脳漿は手で押さえ付け、油脂で覆い、圧迫包帯を施し、首から上は右眼と口鼻を残し、白法師になって室隅に寝かされているはずだ。

　戦闘配食の握り飯を頬ばりながら、負傷兵の間を縫って様子を見に行くと、彼は感心に、まだ生きていた。

　担当の衛生兵の報告では、今朝六時頃水を一口飲んだだけで、意識はまだはっきりしない、とのことである。

　負傷者の手当てに追われ、一息ついたのは、二十一日昼過ぎであった。

余滴・生きていた幽霊

　終戦後一年たった頃、所用で曾遊の地、呉市を訪れる機会をもった。ここも戦災を受けており、焼け跡には闇市が殷賑《いんしん》を極めていた。復興も捗《はかど》っていて、繁華街には二、三の映画館さえ建ち始めている。

私は、しばし周囲の雑踏に眼を奪われていたが、突然、後ろから声をかけられた。呉港は「隼鷹」の母港であったが、親しく付き合うほどの知り合いはいないはずだ。

振り返えると、垢じみた兵隊服を着た黒眼鏡の男が、肩から薄汚れた雑嚢を提げて、立っている。一瞬、ギョッとしたが、その特異な風貌は、たちまち、私の脳細胞に痺れるような衝撃を与え、二年前のあの修羅場を目前に蘇《よみがえ》らせた。

ま、まさか……？

「宮、宮村上曹か？」

生きているとは、夢想もしなかった人物が、そこにいた。記憶にあるのは、左半面を爆弾で刳《えぐ》られ、眼球を失い、頭から朱泥を浴びた、凄愴な姿である。

「宮村です。『ワラジの宮さん』ですわ。その節はお世話になりました。あの時は、詰めかける負傷者の処置に追われて、ろくな手当てもできなかったのだ。

お礼を言われて、いささか尻がコソばゆくなった。あの時は、詰めかける負傷者の処置に追われて、ろくな手当てもできなかったのだ。

彼は重傷と見られて、応急手当てもそこそこに、室隅に放置されていたはずである。それも意識不明で……。よく私の顔を覚えていたものだ。

「あの時はもう駄目だ、と思いました。前部治療室までは、何とか杖をついて行ったのですが……。若い医官が飛んできて、自分の顔を見ると、眼をマン丸にして、何か言ったのを覚えています。それからは、まったく記憶がありません……名前もズーっと後で知りました」

彼はまた頭を下げた。

ケロイド化した左半面が、ものを言うたびに、黒眼鏡をかけた髑髏《どくろ》が笑うように見え、さすがに不気味である。

彼が、中城湾で病院船に収容される時、見送りの同僚が、

「あいつは普段から、『死ぬ前に一度草鞋《わらじ》のようなビフテキが喰いてえ』と言うのが口癖だったが……どうやら、もうありつけそうにないな……」

と話していたのを、思い出した。彼は普段、仲間から「ワラジの宮さん」と綽名されていたらしい。

間もなく、私は一軒の茶屋に案内された。そこは、幸い、空襲を免れたと見える、昔風の落ち着いた料亭であった。

「あのときのお礼に、御馳走しますよ！　ワラジのようなステーキ、とまではゆきませんが……」

黒眼鏡を外すと、空洞のはずの眼窩には、セルロイドの板が嵌め込まれ、ご丁寧に、蛇の目模様の眼玉が描かれている。この男には、少々チャメ気もあるようだ。

そこで出されたビフテキは、時節柄、ワラジどころか、柿の葉のような、ペラペラな代物だったが、心に沁みる味であった。

戦後の紆曲を経て、彼は今や映画館の館主であり、この界隈では、いっぱしの顔役だという。もっとも、その魁偉《かいい》な容貌も、あずかって力があったのかも知れぬが……。

（それにしても、人間の運というものは、わからんものだ……）

私の胸の中に、いい知れぬ感動が広がった。

やがて彼は別れを告げると、いつの間にか薄暗くなった街の一角に消えていった。彼の肩からブラ下がった雑嚢が、尻のあたりで、歩調に合わせて、パタンパタンと揺れているのが、視野の隅に残った。

「飛鷹」南海に散る

戦爆連合の米機約四〇機が「隼鷹」上空に飛来したのは、二十日午後五時四十分頃である。敵は左右から二手に分かれて攻撃してきた。

左方より迫った三機は、戦艦「長門」の四〇センチ砲の水平射撃で、一瞬にして粉砕された。敵は標的を空母に絞ったごとく、執拗に襲撃を続ける。

わが全火器はいっせいに咆哮を放ち、艦は激しく急変針を繰り返した。彼我入り乱れての必死の攻防が続くうち、午後五時五十分、「隼鷹」の煙突前基部に爆弾二発が命中、さらに猛烈な弾幕を潜って、敵は数発の魚雷を放ったが、艦長の適切な操艦と、僚艦「長門」「野分」「山雲」等の援護射撃に妨げられ、間もなく、大部分は二番艦「飛鷹」へ、一部は三番艦「龍鳳」へ方向を転じた。

「隼鷹」が爆弾を受けた頃、「飛鷹」は、風向きが悪く艦載機の発進が遅れ、はるか東方にあった。敵機影を認めた時、なお数機の飛行機が甲板上に残っていたが、ただちに反転し、迎撃の態勢をとる。この時来襲した敵機は約三〇機と言われる。

午後六時、投下爆弾の一発が、艦橋右後部のマストに触れ炸裂、防空指揮所にいた艦長は重傷を受け、航海長、飛行長は戦死した。

艦は一時盲目同然になったが、若い航海士が沈着に操艦し、事なきを得た。

運命の第二波が襲ったのは、その十数分後である。

熾烈な防御網を突破して、右方より六機の雷撃機が低空で進入して来た。

重巡「最上」の二〇センチ主砲がいっせいに火を吹き、そのうち五機を見事に爆砕したが、残りの一機が果敢にも黒煙を吐きつつ、二〇〇メートルの近距離から魚雷を発射。

その雷撃機は撃墜したが、至近距離のため魚雷を回避できず、右舷機関室に命中した。

「隼鷹」と同じく商船（「出雲丸」）改造の「飛鷹」は、船体の防御力が弱い。正規空母の装甲に比べれば、特設空母のそれはブリキのようなものだ。

この魚雷一発が致命傷になった。「飛鷹」甲板は火の海となり、航行不能に陥る。

全員必死の防火作業にもかかわらず、猛火は収まらず、つぎつぎと弾薬が誘爆。ついに二時間後、「隼鷹」「最上」「浜風」「野分」などが見守る中、大爆発とともに南海深く姿を没した。

艦と運命をともにしたもの二五五名、沈没位置は、サイパン島沖・西方四八キロ、時刻は、昭和十九年六月二十日午後七時三十二分である。

北々西に針路をとれ

昭和十九年六月二十一日

一夜は明けた。

爆撃により、操舵室も電気系統に損傷を受け、一時は人力操舵に頼ったが、それも間もなく回復し、航行には支障ない模様である。

艦は静かに「之の字」運動を続けながら、目的地に向かっている。数秒置きにローリングを繰り返し、そのたびに波の音が身近に迫ってきた。

昨日の修羅場が嘘のようだ。しかし、眼を室内に向けると、応急治療室に当てられた士官室には、負傷者が一杯であった。私たちの戦いはなお続いている。

軽傷者は各々の持ち場に帰したが、中、重傷者は残されている。気を抜くわけにはいかない。敵が再び襲って来ないという保証はないのだ。

二十日の戦闘において、「隼鷹」は煙突付近に直撃弾二発、ほか至近弾六発を受け、艦体および装備に、相当の破損があったが、人的被害も少なくなく、戦死および行方不明者は五六名、重軽傷を含めると、死傷者は二〇〇名を越えた。

負傷兵士の手当てが一応終わったのは、二十一日昼少し前である。

扉（ハッチ）を開けて飛行甲板に立つ。

徹夜の作業で、飛行甲板上はひととおり片付けられていたが、艦橋付近に眼を転じて、一瞬、血が凍った。

目に見えぬ巨大な斧で断ち切られたように、煙突が三分の二ほど爆弾で吹き飛ばされている。煙突基部の鋼板はめくれ上がり、艦橋構造物の破孔から直《じか》に排煙が立ち昇っていた。

残った煙突の縁には、下から噴き上げる高熱の蒸気のため、半ば白骨化した人体が、二つ折りになって、累々とブラ下がっている。艦の動揺につれ、カラカラと音を立てながら、前後にぶつかり合う様は、あたかも白い縄暖簾《なわのれん》が、風に吹かれて揺れているかに見え、まさに鬼哭啾々たる情景であった。

爆弾が、あと二メートル前方に落ちていれば、私も同じ姿になっていたに違いない。

遺体収容は、熱風に妨げられ、容易に捗《はかど》らず、全部が士官浴室に収容されたのは、同日午後五時過ぎであった。

二十日、わが機動艦隊に飛来した米艦載機は、約二五〇機、そのうち、撃墜したもの約一五〇機と推定されたが、我方の損害は大きく、沈没したもの、空母「飛鷹」、補給船「玄洋丸」「清洋丸」、被弾した艦は、空母「隼鷹」「瑞鶴」「千代田」「龍鳳」、戦艦「榛名」、重巡「摩耶」、補給艦「速吸《はやすい》」であった。

この状態では満足な戦いなぞ不可能だ。人間にたとえれば、健康な者が中気になり、半身不随になったようなものである。

松葉杖に縋《すが》っていては、なにほどの働きもできそうもない。それでも、敵が来れば、その杖が折れても、振り回して渡り合わねばならぬ。戦いとはそういうものだ。

今や、保有する航空機は、残存全空母に搭載の、合わせてわずか四七機となった。

当初、「ギマラス泊地」に向かう予定は、被害の甚大にかんがみ、急遽変更のやむなきに至る。

午後三時四十分、第一機動艦隊・旗艦「瑞鶴」より命令が発せられた。

「予定を変更し、これより沖縄・中城湾に向かう。全艦、北々西に針路をとれ」

ドラマは終わった

二十日の戦闘で「隼鷹」は直撃弾二発、至近弾六発を受け、煙突および付属構造物を失い、また発着艦装置も破壊され、飛行甲板は使用不能になった。

後部操舵室付近は、機銃掃射や至近弾で穴だらけになり、キルクを充塡して、水漏れを防いだ個所もある。

右舷、起倒式無線檣、左舷後部、一二・七センチ連装高角砲、二五ミリ三連装機銃各一基も被弾し、操作不能になった。まさに満身創痍である。

翌二十一日は、終日被害の処理に追われ、やがて、夕陽が水平線に没する頃、水葬礼が行なわれた。

戦死および行方不明者の所持品の一部は、それぞれの寝具（吊床またはズック布）に包まれ、居並ぶ将兵の挙手の中に、静かに海面に投下される。

ラッパ「国の鎮め」が、惻々と仄暗い洋上を流れるなかを、遺体はしばし別れを惜しむごとく漂い、間もなく、波濤渦巻く航跡の中に姿を没してゆく。

水葬礼が終わる頃は、あたりはもうトップリと暮れ、舷側を夜光虫が光って流れた。

六月二十二日

午前二時頃、突然「ズズーン」という鈍い爆発音で、眼を覚まされた。

急いでハッチを開け外を見ると、左前方に、闇を切り裂いて一条の火柱が立ち、たちまち視界から消えた。

左舷を警戒中の駆逐艦が、敵潜水艦の魚雷をうけ、沈没した瞬間である。

凝然と立ち竦《すく》む私の傍らに、いつの間にか暗号班長佐藤少尉が立っていた。

「今電文を艦橋に届けて来たところだ。見るか……?」

彼は手にしていた通信文の写しを私に差し出した。

〈我れ、右前方に魚雷を発見、急行す……〉

電文はそこで途絶えていた。

二人は艦の消えた暗闇に向かって、粛然と挙手の礼を送った。

折から降り出した雨が、風をともなって頰を濡らし、滴り落ちた。

ただちに右舷警戒中の駆逐艦「野分」が急行、爆雷投下を始める。

今や「隼鷹」には直衛の駆逐艦はなく、全速で回避航行に移った。凝縮した漆黒の闇を切り裂き、ひたすら中城湾をめざして突っ走る。

午前三時、無事目的地に到着した。

湾口に待機していた病院船「高砂丸」に重傷者一八名を移し、翌二十三日早朝、中城湾を出発、二十四日朝、早くも岩国沖、柱島泊地に投錨。

朝靄の中、薄墨色に煙る、懐かしの山河を眼にしたとき、私の胸には、心を絞り込む無量の感慨があった。

この日、六月二十四日に「あ号」作戦は終了した。

作戦「捷一号」

「あ号」作戦終了後、「隼鷹」は呉海軍工廠に入渠、所定の修理を行なった後、柱島、岩国、内海西部、佐世保と戦術回航を続けた。

この間、装備の改造、増設が積極的に進められ、九月末には、対空用速射砲、連装機関銃等で、全艦さながら針鼠のように武装された。

もちろん、特徴的な外斜煙突も、元どおりに修復されている。

十月一日

機動部隊の再編成により、「隼鷹」は、航空戦艦「伊勢」「日向」、空母「龍鳳」とともに、第三艦隊第四航空戦隊に組み込まれた。

この頃より、比島南方における米機動部隊の動きは、しきりに活発となり、わが四航戦出撃の秋《とき》は目捷の間、と思われた。

十月十二日　台湾沖航空戦

十二日未明より十四日にかけ、敵機動部隊は延べ二五〇〇機の艦載機をもって、マニラ、台湾の主要都市を攻撃した。

当時、九州南部、沖縄、台湾方面に配備されていた第二航空艦隊は、ただちに反撃を加えたが、戦果は、軍艦マーチの賑やかさとは裏腹に、芳しいものではなかった。

十月十八日　作戦「捷一号」発動

この作戦が、比島の南、レイテ島への進攻を意味することは、間もなく明らかとなる。同時に、いつの間にか四航戦の主力である「伊勢」「日向」の姿が消えているのに気がついた。

両艦は空母「瑞鶴」「瑞鳳」「千代田」、巡洋艦「多摩」「大淀」「五十鈴」などとともに、はるかレイテ湾をめざして、南下していたのである。この艦隊は、十月二十五日午前八時、わずかに残された戦爆一六〇機を擁して、まさにレイテ湾に突入せんとする寸前、敵レーダーに捕捉され、数次にわたる敵の雷爆撃により、空母三、巡洋艦三を失う、壊滅的打撃を被ったのだ。

十月二十七日
はるか南溟の空のもと、優勢な敵に対し、同胞が必死の戦いを挑んでいる、とは知る由もなく、われわれは鉛色に沈んだ呉港を二十七日夕刻に出帆した。

佐世保港に錨を下ろしたのは、翌二十八日昼頃である。しかし、空母に乗せるべき飛行機は一向に姿を見せず、苛立ちの刻《とき》を過ごすうち、やがて甲板を埋めつくしたのは、何と、おびただしいトラックや戦車の群れであった。

「これでは大型輸送船じゃないか。鎧武者がカツギ人足になったようなものだ。俺はこんなつもりで船に乗ったのではないぞ!」

佐藤少尉は慨嘆する。私だってガッカリだ。そばで「耳だけ中尉」が、

「しかし、今でも君は立派な暗号班長兼機銃指揮官だ。マリアナ沖では、ロケット砲で敵の飛行機六機を撃ち落としたというじゃないか、まあ、そう気を落とすな」

と、慰めたが、彼は浮かぬ顔であった。

カニ族

本来搭載されるはずの飛行機に替わって、おびただしいトラックや戦車が飛行甲板を占領し、広い格納庫は、知らぬ間に、四六センチ「大和」砲弾、四〇センチ三式対空弾、六五式五三センチ魚雷、一五センチ噴進弾、特殊攻撃艇等で充満している。

「エライこっちゃ、一発喰らったら、木端微塵だ。間違いなくオダブツだぞ！」

「耳だけ中尉」こと皆竹中尉が、悲鳴に近い声を放ったが、意外事はそれだけではなかった。いつの間にか航空機要員が姿を消し、替わりに、八〇〇名の陸軍兵士が、ゾロゾロ乗り込んで来たのだ。

後日、レイテ島北ブラウエン飛行場に降下し、奢《おご》る米軍に一矢を報いた、「香取」落下傘部隊である。

空母「隼鷹」は、かくして大型武装輸送船に変身した。

昭和十九年十月二十九日

ダモクレスの剣を頭上にするごとく、一発微塵の危険を孕《はら》んで、「隼鷹」は佐世保軍港を後にした。同行は、同じく丸通空母と化した「龍鳳」と、四隻の護衛駆逐艦である。最初の予定寄港地はマニラであった。

佐世保で便乗した陸軍兵士は、空挺隊だけあって皆逞しく、一人一人が独立した戦闘単位の心構えに見えた。一艦を一戦闘単位と考えるわれわれ海軍とは、根本的に思想が違うように思われる。

彼らはいずれも、軍艦に乗るのは初めてと見え、珍しそうに、やたらに艦内を徘徊する。そのうえ、どこへ行くにも、武器はもちろん、飯盒、寝具等世帯道具一式を、片時も離さないのだ。トイレに行く時も……である。

考えれば、彼らは陸上で戦うのが本分だ。海上での戦いは海軍に任せるしかない。

(狭い艦内に閉じ込められたまま、戦いが始まったらどうしたらいいか？　万一船が沈んだらどこに逃げようか？)

などと考えているに決まっている。軍艦には救命ボートなど乗せてないのだ。大荷物を背負って落ち着きなく、ウロウロ歩き回る気持ちも、わからないではない。

幅広の重装備で、狭い通路を移動するには、横になって歩くほかない。

(彼ら同士が擦れ違う時はどうするか？)

と見ていると、一方が床にうつ伏せになり、他方はこれを踏んで渡るのだ。なるほど……、早速綽名《あだな》がついた。

「カニ族」

名付け親は、もちろん、「耳だけ中尉」である。

十月三十一日
正午近く、マニラ港入口につく。前日空襲を受けた跡も生々しく、市街には、まだところどころ黒煙が立ち昇っていた。

湾内は、沈没した船舶の帆柱が、海中より林立し、接岸は到底不可能だ。たちまち、喧噪の中で大発（上陸用舟艇）、荷揚船による人員資材の揚陸が始まった。

便乗の陸軍空挺隊が最初に下船することになる。不安な船旅から解放されて、彼らは一様に安堵の表情を浮かべていた。

続いて車両等の荷下ろしに移る。いつ敵機が来るかわからぬだけに、突貫作業も懸命だ。すべてが終わったのは、午後六時過ぎである。同八時、予定が発表された。

「次の目的地はブルネイ、出港は明早朝」

韜晦航行

十一月一日

早朝マニラを出港、次の目的地ボルネオ島ブルネイ湾に向かう。

フィリピン群島は、大小七千余の島嶼で構成されている。今や、敵制空海圏下にある、これらの島々の間を縫いながら、一〇〇〇マイルを越える韜晦《とうかい》の航行は、まさしく虎の尾を踏む思いであった。

ようやくブルネイ湾に到着したのは、十一月六日夕刻である。

先ほどまで、西方の空を茜色に染め揚げていた夕陽も、今は山影の裾に沈み、折しも降り出した驟雨の中に、おぼろに浮かび上がったのは、戦艦「大和」以下三十余隻の艦艇の姿であった。

わずか四ヵ月前、マリアナ沖海戦を控えて、タウイタウイ泊地に集結した帝国海軍の主力は、戦艦「大和」「武蔵」をはじめ空母九隻を含む、堂々七十数隻、威風あたりを払って、かぎりなく頼もしく見えたのに、今、湾内には戦艦「武蔵」の英姿も、一隻の空母もなく、一段と寂しく映った。

戦艦「大和」は、左舷に爆弾を受け浸水、左傾し、他の艦も、大小の差はあれ同様に手傷を負っているようである。

悄然として佇む艦艇の群れは、紛れもなく、敗残の衣を纏《まと》っていた。

後でわかったが、「武蔵」はシブヤン沖進撃中、十月二十四日、米機の集中攻撃により、魚雷二〇本、爆弾一七発を受け沈没し、空母四隻はいずれもエンガノ沖において、二十五日、敵艦載機二四〇機の雷爆撃を受け、沈没したのである。

戦闘詳報によると、十月二十三日より二十六日にかけて、直接レイテ攻略戦に参加した艦艇の損害（確認したもの）は、次のとおりである。

艦種	参加数	沈没	中破以上
戦艦	九隻	三隻	五隻
空母	四隻	四隻	—
重巡	一〇隻	四隻	三隻
軽巡	六隻	四隻	—
駆逐艦	二五隻	七隻	五隻
合計	五四隻	二二隻	一三隻

出撃した艦艇の約半数が沈没、四分の一が中破以上の被害を受けた。予想を越えた損耗のため、われわれが長駆、薄氷を踏む思いで運んできた爆弾や魚雷は、ここにおいて、半分は不要になった。

大量の火薬を抱えての遠洋航行は、時には命取りになる。翌七日は、駆逐艦三隻に守られながら、終日弾薬類の湾外投棄に没頭した。明けて十二月八日払暁、「隼鷹」は軽くなった艦体に、重い心を乗せて、ブルネイ湾を後にしたのである。

余滴・戦艦「長門」

戦艦「長門」は一九二〇年（大正九年）十一月二十五日、呉工廠で竣工し、同型艦「陸奥」とともに、世界で最初に四五口径・四〇センチ砲を搭載し、重防御、高速などの特徴を有する戦艦として、列強諸国に抜きん出た高速戦艦だった。

有名な「八八艦隊計画」の第一号艦である。昭和十七年二月、戦艦「大和」が現われるまで、長期にわたって、帝国海軍のシンボルである連合艦隊の旗艦を務めた。

新造時の常備排水量は、三万三八〇〇トン、速力二六・五ノット、航続力は、経済速力一六ノットで五五〇〇海里とされている。その後、逐次改装が行なわれた。

昭和十一年五月二十日

改装完了時には、常備排水量四万三五八〇トン、速力二五ノットになった。

昭和十六年十二月八日

太平洋戦争開戦、連合艦隊旗艦として柱島を出撃。
昭和十九年六月二十日
マリアナ沖海戦では、四〇センチ主砲の水平射撃により、「隼鷹」雷撃のSB2C三機を一瞬に爆砕し、敵の心胆を寒からしめた。
この海戦では、ついに無傷で生還した。
昭和十九年十月二十四日
レイテ攻略に当たっては、戦艦「大和」「武蔵」「金剛」とともに、シブヤン海を進撃中、一三波二五〇機に及ぶ敵機の来襲により、爆弾二発を受け、戦死五二名、重軽傷一〇六名の被害を被った。「武蔵」が沈没したのもこの時である。
昭和十九年十月二十五日
レイテ沖にて、再び新たな敵機動部隊（米特設空母艦隊）に遭遇し、建艦以来、最初にして最後の対艦射撃により、敵巡洋艦一隻、駆逐艦一隻を撃沈した。
幸運にも、この時、二〇〇メートルの高度より放たれた敵魚雷は、艦底を通過し、艦尾に命中した爆弾は不発、至近弾による被害は軽微であった。
以後出番なく、横須賀軍港において、本土決戦に備え、浮き砲台になっていた。
昭和二十年七月十八日
米高速機動部隊の横須賀軍港攻撃の際、艦橋付近に爆弾三発を受け中破、うち一発は艦橋に命中、艦長、副長、砲術長が戦死した。
以後、艦体の修理は行なわれず、ブイに繋留されたまま終戦を迎える。この時、海上に浮かぶ日本戦艦は「長門」一隻のみであった。

昭和二十一年七月一日

ビキニ環礁で、第一回の原爆実験に使用されたが、ほとんど被害なし。

昭和二十一年七月二十五日

第二回原爆水中爆発実験で、至近距離の爆発を受けたが、数時間後、わずかに約五度の傾斜を生じたのみ、しぶとく浮かぶ。

昭和二十一年七月二十九日

午前三時、帝国海軍の意地を貫くように、夜間、静かに海中に没す。

直接の沈没原因は漏水であった。

余滴・入れ歯付着剤

私は以前から歯が悪く、これまでも数回、歯痛で、「耳だけ中尉」にお世話になっている。

ある日、虫歯の治療に行くと、

「歯の痛みを取るには、抜くのが一番てっとり早い。君の歯は大分いかれているから五、六本抜かんといかんな……ま、これから長い付き合いになるから、ボツボツ始末してあげよう。取り敢えず、今日は奥歯だけ引き抜くことにして……」

と、ヤットコを持ち出され、ビビッたことがある。その時は、何とか抜歯を勘弁してもらったが、以来、歯科治療室の前はそっと通り抜けることになった。うっかり見つかると、今度こそ二、三本は抜歯されそうだ。

そう言えば、さすがに、彼は歯科医らしく、いつも健康そうな歯をしている。ある夜、佐藤少尉を交えて雑談した折、虫歯予防の秘訣を聞いてみた。

「皆竹中尉は、ヘビースモーカーの割りに歯が真っ白で丈夫そうですね。虫歯もなさそうだし……何か特別な手入れをしているんですか？　日に五、六回歯を磨くとか……？」

すると、足の水虫を掻きながら、彼はニタニタと相好を崩した。

「皆にそう言われるよ。実をいうと、私のは〈総入れ歯〉さ。以前から歯が悪くて、海軍に取られる時、思い切って、全部抜いてしまったのだ。歯科医が虫歯だらけではサマにならんからね……」

「耳だけ中尉」は入れ歯を外して見せた。面長な顔が、たちまち小田原提灯を畳んだように平たくなった。彼は入れ歯をはめ直し、話を続ける。

「入れ歯にしただけでは、笑ったり大声を出したりすると、口から飛び出してしまう。これを防ぐためには、上下の入れ歯をバネで繋《つな》ぐといいのだが、それだと慣れるまで違和感がある。私はそこで、バネを使わずにすむ特殊な付着剤を工夫した……」

彼は、鼻の頭を手の平で擦《こす》った。やや得意顔である。よく聞くと、何のことはない。白蠟とワセリンを混ぜて湯煎し、軟膏を作るだけのことらしい。

私や佐藤少尉にとって、入れ歯や付着剤の話なぞ、先の遠い話で、上の空で聞いていたが、まさか四〇年後、そのご厄介になるなど、その時は思いもしなかった。

現在市販されている、「入れ歯接着剤」の原点ともいえる製品は、この「隼鷹」の歯科診療室で生まれていたのである。彼はさらに話を継いだ。

「もっとも、私が作った付着剤は臭いがあり、粘着力が弱く、有効時間が短いのが欠点でね、一回食事するたびに付け直すのが面倒で、物を食べる時は入れ歯を外すことにしている」

（それでは、何にもならない……。肝心なときに走らない競争馬と同じだ。せっかく発明した甲斐がないではないか……）

　と思ったが、その時、薬専出の佐藤少尉が、口を挟んだ。

「長持ちさせるには、サルチル酸を混ぜるといいですよ。防腐剤になりますから……」

「そんなら、禿げの薬にもなると思います」と私。

「少しサルチル酸の割合を増やせば、水虫にも利くはずです」と佐藤班長。

「そうなると、禿げやら水虫やらの薬を、毎日、頭や足に塗ったり、口の中に入れれば一石三鳥になるな。さじ加減すれば、腹の虫にも利くかも知れん……」

「耳だけ中尉」は憮然として呟く。彼は若禿げの傾向があり、すでに前頭部の髪は後退現象を起こしていた。

　突然、私は彼の頭に、サルチル酸入りの「入れ歯付着剤」を塗りたくってやりたい衝動に駆られた。

（ヤットコで威かされたお返しに……）

　ともあれ、マッチ箱爆弾の話といい、付着剤といい、彼は一風変わった能力の持ち主には違いない、戦後は逢う機会なく、また居所も不明だが、生きている間にもう一度会って見たいものだ。あの付着剤が、若禿げに有効だったかを確かめてみたいから……。

さらば「隼鷹」

昭和十九年十一月十日
マニラに入港、残りの輸送物件を揚陸、翌十一日早朝、抜錨。
十一月十三日　台湾、澎湖島《ポンフー》西岸、馬公に寄港、燃料等補給。
〃　十五日　改編により「隼鷹」は、第二艦隊第一航空戦隊に所属することになった。
名前は違っても、丸通艦隊に変わりはない。
〃　十七日　呉に入港。突然、三人に転勤の命が下った。皆竹中尉は、横須賀海軍病院、佐藤少尉は九州鹿屋飛行隊、私は横須賀鎮守府付である。
〃　十八日　「隼鷹」を退艦、「帽振れ」で別れを告げる。

さて、その後、「隼鷹」はいかなる命運を辿ったか……？

十一月二十三日
駆逐艦「冬月」「涼月」を護衛として、陸戦兵器を搭載、マニラ第二次輸送作戦に従事。
十二月九日
マニラよりの帰途、佐世保港外・女島付近にて、米潜水艦の待ち伏せに遭い、魚雷二発を受け中破、佐世保港に緊急入港。そのままドックに入り、二十年三月まで修理。
昭和二十年四月一日

佐世保・恵比須湾にて築山になった。具体的にいえば、艦橋を漁網で覆い、飛行甲板に松、杉その他雑木の植木鉢を並べ、庭園のごとくカモフラージュしたのである。毎日植木に水をやるのがひと仕事だった、と当時の担当官が語っている。

大戦中、米軍に「ハヤタカ」と愛称（？）された「隼鷹」は、以後、二度と羽ばたくことはなかった。

昭和二十年四月二十日　第四予備艦となり、諸設備、諸制度縮小さる。

〃　五月十二日　艦長として、前原富義大佐が着任。

〃　六月二十日　警備艦となる、すなわち、陸地より電線を配し、水道を引き込み、浮き砲台になった。すべて燃料不足のためである。

終戦近い七月の初め、B29の編隊が上空に現われた。「すわ空襲」と色めいて、一同機銃に飛びつき、待機するうち、やがて天空から爆弾の代わりに、ヒラヒラと伝単（チラシ）が舞い降りてきた。

見ると日本語で、

「私タチハ、〈バクゲキ〉ニ来タノデハアリマセン。船ノ上ノ木ガ、枯レテイマス。植エカエテクダサイ」

とある。まるで人をコケにしている。偽装は一切徒労であった。悔しいではないか、泣けてくるではないか。こうなれば負ける以外に手はない。

八月六日、広島に「ウラン・二三五型（リトル・ボーイ）」、同九日、長崎に「プルトニウム・二三九型（ファット・マン）」の原爆が投下され、八月十五日、ついに終戦を迎えた。

やがて、年が替わり、昭和二十一年六月一日、佐世保工廠にて、「隼鷹」の解体始まる。

昭和二十二年八月一日、解体完了。

「隼鷹」は、完全にこの世から姿を消した。「隼鷹」乗り組みの期間はわずかであったが、生と死の架け橋を、一瞬に駆け抜けた鮮烈な青春の思い出は、その後の私の人生観に、幾許かの影響を与えたことは確かである。

さらば「隼鷹」、さらば永遠に。

第二部　設営隊

三〇一四設営隊

昭和十九年十一月十九日

「隼鷹」を退艦、横須賀海軍鎮守府に出頭、即日「第三〇一四設営隊」勤務を命ぜられた。

「この部隊は、ただ今からT地区で結成される。貴官はそこの軍医長になった。隊長は樫浦大尉、三日以内に赴任されたい」

その日は水交社に泊まり、翌二十日朝出発する。目的の場所は国鉄横浜駅から車で約四〇分の所にあった。駅には、ダットの4WDが迎えに来ていた。行先は、人里離れた辺鄙な山の中で、途中は大半がブナの樹林である。やがて目的地に着く。

そこは、旧開拓団・訓練所の跡地で、入口に「海軍練成所」と書かれた看板がかかっていた。南側が広場で、北側に、兵舎三棟が平行して建っている。

管理棟は西側に位置し、事務室や会議室、士官室、幹部宿舎等に当てられていた。建物の背後には、ハイマツやスギなどの針葉樹林が濃く密生して、静かな雰囲気だ。

管理棟の正面玄関を入って、左が士官室であった。ノックをしてドアを開ける。

飾り気のない殺風景な部屋の中央に、ドラム缶を利用したダルマストーブ、その周りに六、七人の士官が、思い思いに木製の椅子に腰掛けていた。

右端、三十歳前後の白皙長身の人物が、隊長の樫浦大尉であった。着任申告の後、自己紹介に移る。

空母「隼鷹」に乗り、「マリアナ沖海戦」に参加した、と話すと、皆羨ましそうな顔になった。海軍に入れば、誰でも一度は軍艦に乗ってみたいのが人情だ。

改めて隊長以下の紹介がされる。

隊長　樫浦大尉　東大工学部出身（技術科）
副長　志村中尉　京大建築科出身（同）
主計長　勝沼中尉　慶大法学部出身（主計科）
管理班長　田中少尉　明大土木科出身（技術科）
内務班長　巻村少尉　日大文学部出身（兵　科）

以上、いずれも短期現役である。このほか建築科、土木科の准士官それぞれ二名を引き合わされ、次いで、新編成部隊の任務、行動方針の大略が示された。

「兵員は明二十一日、海兵団より二〇〇〇名到着する。この中から、一二〇〇名を至急選抜し、残りは遅滞なく原隊に復帰させよ」

これが私に課せられた、緊急至上命令である。ただちに副長とともども、管理棟北側の医務室に赴き、衛生科下士官以下一六名に接見した。

先任の下士官は、野川という六尺豊かな上等兵曹である。年は三十前後、顔は面長で、鼻下にヒットラー型チョビ髭を生やしていた。一緒に来た副長は、「あれはエロ髭だ」と評したが、彼の言った言葉が、案外当を得ていたのを悟ったのは、終戦後のことである。

野川上曹は、ここに来る前は、駆逐艦「若月」に乗り組み、マリアナ沖海戦にも参加した、という。またラバウル第二次空襲（昭和十八年十一月二日）では、敵の爆撃により、相当な被害を受けたが、その時、

「相当数の負傷者を手当てしました……」と自信あり気だ。

私と同じく、軍艦乗り組みの経験があることで、何となく親近感を覚えたが、

「烏賊《いか》の甲より、年の功と言いますから、まあ、任してください、わはは……」

と、笑い飛ばされると、白面の書生と見られた感じで、いささか癪にさわった。

（それを言うなら、亀の甲より年の功じゃないか）

腹の中で私は悪態を吐いた。

編成

編成の概略は次のとおりであった。

(一) 隊　名　第三〇一四設営隊（略称樫浦部隊）
(二) 任　務　地下及び隠蔽工場の建設、並びに同誘導路の造成
(三) 地　域　茨城県西茨城郡福原地区
(四) 兵　力　士官一〇、下士官二一〇、兵一二〇〇、計一四二〇名

（五）隊容完結　　昭和十九年十二月六日
（六）移動開始　　同　　十日
（七）移動完了　　同　　十五日

当面、私の任務は明日到着する二〇〇〇名の中から、当隊要員として、一二〇〇名を能率的、かつ迅速に、選抜することにある。

私の部下は、下士官三名を含む一六名の衛生兵であった。下士官以外は、せいぜい軍歴一年くらいの若年兵で、経験も浅く、果たして有力な戦力に成り得るや、はなはだ心許ない。不安が湧いたが、心配してもどうなるものでない。

昭和十九年十一月二十一日

早朝、技術科、下士官群二〇〇名が到着した。

彼らは、それぞれ専門技術を有し、三〇一四設営隊のこれからの主要戦力になるはずである。

このうちの一割は、専門学校を今年繰り上げ卒業し、所定の基礎訓練を終えた者たちで、部隊勤務一年後、幹部昇任を約束されており、将来、わが隊の中堅になる予定だ。

午後から、一〇〇名ごとに、上級下士官に引率された集団が、つぎつぎと到着し、兵舎三棟はたちまち満員になった。

到着した連中の様子を一瞥し、少々心細い気持ちになる。若いものが少ないのだ。

戦線の熾烈化にともない、兵の消耗も増加したため、昭和十八年十一月に兵役法が改正され、兵役の義務上限が、四十歳から四十五歳に引き上げられた。

そのためか、大半が四十歳前後に見える。四十歳は、軍人としては老兵であった。いずれも顔色が冴えず、動作も、今一つ気合いが足りない。要するにジジむさいのである。

　太平洋戦争も、すでに四年目に入った。元気のある若者の多くは前線に赴き、残っている者は、心身に多少の弱点を持っている。

　食糧事情も逼迫《ひっぱく》していた。体力の低下もやむを得ないかもしれぬ。

（この二〇〇〇名から、不適格者を除くと、いくらも残らないのではないか……？）

　一抹の懸念が残った。

（選兵の方法を改める必要があるのではないか……？）

　誰かに相談したくとも、隊長はじめ幹部たちは、資材の調達や現偵（現地偵察）に、終日飛び回って忙しく、不在がちで、当てにできない。

　会議室に巻村班長、衛生科下士官を集め、明日からの選兵計画を検討した。といっても、格別いい知恵が出るはずはない。

　短時間に、二〇〇〇名もの人間を、一人一人打聴診するなど、到底できない相談だ。それでも何とかやるしかない。

　やがて、結論に達した。

選兵

選兵計画

（一）二〇〇〇名を五個集団に分け、午前三個集団、午後二個集団を処理。
（二）一次検査は視診による。打聴診は省略。
（三）異常者は列外に出し、後日精検（問診、打聴診）を行なう。
限られた日程の中で、多数の選兵を行なうためには、少々粗雑でも、この方法しか考えつかなかったのである。

昭和十九年十一月二十二日
午前七時、「課業始め」のラッパとともに、第一集団・四〇〇名を営庭広場に集め、縦二〇名、横二〇列に展開させた。

片手間隔に間合いを取らせ、各列の間を徐々に移動しながら、顔色、姿勢、体格などを見て行くのである。咳をしたり、極端に痩せている者などははじめから列外に立たせた。

一個集団が終わると、次の集団を広場に並べる。そのわずかな時間を利用して、管理棟に駈け戻り、束の間の暖を取った。

師走を控えて、木枯しは営庭の埃を巻き上げ、冷気が鞭のように襲いかかる。外気温六度の中で、兵士たちの顔は、皆等しく寒気立って見えた。

顔色や体格の悪いものが目立ち、選兵基準に照合するまでもなく、二人に一人は失格である。規定どおりにやると、一〇〇〇名くらいしか残らぬ勘定だ。レベルを落とすほかはない。

考えていると、先任の野川上曹がアイデアを出した。

「少々顔色が悪くても、声に元気があれば、合格にしたらどうでしょう」

というのだ。格別名案とも思えないが、ほかに適当な方法がない。

以後一人ずつ、大声で官氏名を名乗らせることにした。その分、時間がかかり、全集団の選兵作業が終わったのは、午後六時過ぎである。

野川先任の提案にもかかわらず、この日の合格者は、結局一〇〇〇名弱になった。

十一月二十三日

昨日の不合格兵から、二〇〇名強を拾い上げるため、場所を北棟兵舎に移し、精検することにする。

今度は室内なので、全員上半身裸体だ。シャツを脱がせると、意外に刺青《いれずみ》をした者が多く、ショックを受けた。改めて周りを見ると、皆一癖ありそうな面つきをしている。眼つきもよくない。

考えてみれば、設営隊は海軍の土建屋だ。当然、大工、左官、鳶職、鉄筋工、水道工、電気工などが多い。中には香具師《やし》や、筋者らしい者まで、雑然と入り混じっている。柄が悪くて当たり前であった。

刺青くらいで怯《ひる》んでいては、仕事にならぬ。腹をくくるしかない。

戦争初期は、徴兵検査のとき、刺青があると、それだけで丙種合格になり、兵役が免除された。彼らが今まで民間人でおれたのは、そのためであろう。

八〇〇名の不合格兵を、横須賀の原隊へ送り返すと、肩の重みが一つ取れた気持ちになった。そのせいか、夕食後の一服が馬鹿にうまい。

ガラス越しに外を眺めると、あたりはいつの間にか、夜の気配である。森を透《す》かして、凍てつくような秋空が広がり、風が走っているのが見えた。

中天に差しかかった月が、蒼白く冴え渡っている。腕の時計を見ると、はや午後七時を回っていた。

ともかく、どうにか芝居の幕は揚がった。後は成り行きに任せるほかない。

・

福原現偵

昭和十九年十一月二十三日

その夜、幹部一同が顔を揃えたのは、午後九時頃である。

選兵作業が二日間で完了した、と聞いて隊長以下仰天した。どの道一週間はかかる、と踏んでいたらしい。

もっぱら視診による選兵、と聞き、なるほどと合点。ただし少々手段を略したため、本来なら半分は不合格、と言ってやったら、一律に成仏顔になった。つまり諦めたのである。

十一月二十四日朝

樫浦隊長とともに現地に出発、昼近く国鉄・福原駅に着く。

俳優「志村喬」に似た年輩の駅長から、ここは戸数二〇〇、人口八〇〇くらいの閑村と聞いた。

駅前に待機していた、ニッサン八〇〇・四輪駆動で、折柄、雨混じりの吹雪の中を、一路目的地に急行する。

田舎道は、泥濘《ぬかるみ》の連続で、路幅も狭く、思いのほか難渋した。疏《まば》らに点在する鄙びた農家は、いずれも茅葺きで、軒下には干魚、大根、玉葱、干芋などが荒縄でくくられて、ぶら下がっている。

中に、白く、細長い骨のようなものが混じっていたのが、印象に残った。海から遠く、都会からも離れた村人が、不毛の冬に備えた、生活の知恵であろうか？

直線にすれば、わずか一キロに満たぬ路程を、三〇分以上かかって、目当ての村長宅に着く。さすがに、この家だけは瓦屋根で、庭池付きの離れもある。立派な構えであった。

とりあえず、この離れを幹部用に提供してもらい、隊員には国民学校（小学校）や公民館、青年団詰所などを当てることにした。

国民学校を借りる時間帯は、夕方六時から翌日八時までにしたので、授業にはさしつかえない。もちろん、朝、教室を出る時は、机や椅子を元に戻しておく条件だ。

私は医務室用に、村外れの薪炭集積所を借りることにしたが、問題は病室であった。差し当たって他に適当な場所がなく、学校の教室の一つを開放してもらう交渉をする。

授業に支障があるからといって、その時間、患者を部屋から追い出す訳にゆかない。当然、一日中借りることになる。

校長は、一時難色を示したが、

「われわれは、土木建築の専門部隊です。もし、貸していただけば、立退くまでに教室の破損場所は残らず修理し、見違えるように立派にしてあげます……」

と説くと、やっと笑顔を見せた。

（嘘も方便、ホラとラッパは大きく吹け）

後の話になるが、悪性感冒の発生で、病室が一杯になった時、隊長は、内緒で部隊の資材を使って、一部、教室の増改築をしてくれた。

私の吹いたラッパは、まんざら空吹きにならなかったのである。

それにしても、この狭い土地に、一四〇〇名もの大集団を収容することは、絶対不可能だ。隊長の判断で、部隊を近隣の友部、岩間地区に一時分散することになった。

十一月二十五日

先発隊二〇〇名が到着、ただちに本隊受け入れのため、三交代の突貫工事が始まる。間もなく師走、今年は例年より寒い、という話だ。感冒患者もボツボツ増えてきた。

本格的な冬を前にして、微《かす》かな不安が胸を横ぎった。

芝浦埠頭

昭和十九年十二月初め

戦況は日を追って激化し、われわれには土曜も日曜もなかった。国鉄・福原駅には、毎日大量の資機材が搬入されて来る。

普通トラックはもちろん、土砂運搬車、砕石車（クラッシャー）、積込機（バケット・コンベアー）、削岩機（ロック・ドリル）、その他ピック・ハンマー、コンプレッサー、パワー・ショベル、多用途旋盤台等、そのほとんどがピカピカの新品であった。

トラックだけでも四〇台を超える。予想外に大量の品々を前にして、全員瞠目し、かつ心強く思ったが、理由はやがて明らかにされた。

東京湾・芝浦港埠頭

岸壁に沿って、各種倉庫、税関、臨港鉄道等の設備を備え、海運、貿易商社が軒を連ねている。南方行き物資のほとんどは、ここから船積みされていた。

しかし、戦いの深刻化にしたがい、航路は半ば閉鎖され、せっかくの品物もいたずらに倉庫内に眠ることが多くなった。

あたかも、わが隊の前に編成された三〇一三設営隊は、硫黄島要塞化のため、最新の資機材を整え、待機中であったが、予定の便船が敵潜水艦や航空機により、つぎつぎと沈没したため、やむなく、行先を九州方面に転ずることになった。

かくて、硫黄島行きの物資は、戦況の好転を待ちつつ、空しく岸壁の隅で、錆びゆく運命にあった。

わが樫浦隊長は、そこに目を付けたのだ。彼は、上層部に熱心に働きかけ、これらの物品をそっくり獲得することに成功した。

これによって、三〇一四設営隊は、本来の装備に加えて、当時としては、最新の資機材を擁する、最大規模の機械科部隊に変貌したのである。

十二月十日

予定より数日早く、T地区からの部隊移動は完了した。

福原本隊（八〇〇）、友部支隊（三〇〇）、岩間支隊（三〇〇）と、三個所に分駐した部隊を巡回診療する多忙な毎日が続いた。

不定期の連絡車両を利用するため、帰隊は、ほとんど毎晩九時過ぎになる。さすがに疲労が溜った。

私の消耗した顔を見て、同情した管理班長・田中少尉が、どこからか、年代物のサイドカーを探し出して来た。抜かりなく、専任の運転手も付けてくれた。

しめた、これでやっと楽になる、と手放しで喜んだが、どうやら嬉しがるのは早すぎたようだ。側車には天蓋がなく、雨風を防ぐ手立てはない。

真冬の田舎道を疾走するとき、凹凸の轍《わだち》は激しい振動を呼び、無情の朔風は、仮借なく皮膚を刺した。

欲を言えば切りがない。弱点はあったが、早く帰隊できるのは、何よりの利点であったおかげで、周囲の景色を眺める余裕も生まれた。晴れた日には、南に筑波山塊が遠く霞んで見え、墨絵のように心を和ませるのだ。

今日は風があるらしく、真綿を引き伸ばしたような白い雲が、足早に通り過ぎて行く。虎落笛《もがりぶえ》にも似た風の音が、冬の木立をかすめ、山々には、なお雪が厚く積もっている。春は未だはるか彼方であった。

ハーレー・ダビッドソン

「ハーレー・ダビッドソン」

軍医長用としてあてがわれた単車である。

西暦一九〇三年（明治三十六年）に誕生したこの名車は、古びていても、さすがに故障少なく、平地時速は軽く一〇〇キロを突破した。

ただし、その右側に装着された側車は、必ずしも快適な乗り物とはいえない。側車には前面に風防があるだけで、雨風は吹き込み放題、揺れ方も並みでなかった。

慣れないうちは一〇分も走ると車に酔ったものだ。

運転兵　辰野一等水兵

田中管理班長が、「ハーレー七五〇」の専任運転手として、付けてくれた男だ。前身はサーカスの団員と聞いている。頑丈な体をしていた。アンパンに目鼻を付けたような丸い顔で、ぶっきら棒な口の利き方をする。

彼は、横にした大酒樽の壁の内側を、オートバイでぐるぐる回って見せる、「樽走り」の芸人であった。無口の上、いつも仏頂面をしていたが、気立てはよい。欠点は、度を超したスピード狂と、音痴のくせに、無類の軍歌好きなことであった。

彼が真冬の凹凸道を、エンジンの出力を一杯にあげて、

「守るも攻めるもくろがねの、浮べる城ぞたのみなる、浮べるその城……」

などと口ずさみながら、気持ちよさそうに飛ばす時、私は側車の中で両足を突っ張り、緊張と不安で、汗に塗れていたのである。寒さを感ずるどころではなかった。

彼は専任運転手として、終戦時まで、「ハーレー七五〇」とともに私の好伴侶であった。

その頃の道路状況はきわめて悪く、舗装された所はほとんどない。その上石ころだらけで、

今では想像できないくらい、やたらにパンクした。多いときは、一日三回も釘を拾う。そのたびに、水をもらいに近くの家に走った。走るのは私の役だ。もちろん、側車には、修理道具とともにバケツが常備されている。

その間に辰野一水はタイヤを外し、刺さった釘を抜き、中のチューブを引っ張り出す。私が運んできたバケツの水の中に、空気を入れて膨らましたチューブを浸け、損傷部分を探す。冷気の中での仕事は楽ではない。

彼が、水洟をズルズル啜りながら修理している間、私は道端で揉み手しつつ、ひたすら作業の完了を待つのである。

寒空の下では、ジッとしているより、身体を動かしているほうが凌ぎやすい。やがて、私はパンク直しを手伝うことになった。

そのうち、自分でパンク修理するようになった。それも手早く……。

「その調子なら、医者をやめても、自転車屋で食っていけますよ……」

日頃、無愛想な男が、お世辞（?）を言うくらい、パンク張りはメキメキ上達した。

（もともと不器用な私には、こういう雑な仕事が、案外、性に合ってるのかも知れん……）

妙な自信が湧く。

パンク張りを終えると、道端の木に寄りかかり一服する。辰野も傍らに腰を下ろした。

「自分の生まれは、月山《がっさん》の麓です。今頃は、もう雪が二、三尺積もっているはずです……」

彼は故郷を懐かしむように、遠い眼差しを前方に送った。

山形で生まれた、というこの男が、サーカスの芸人になるまでには、それなりに、さまざまな事情があったに違いない。……ふと感傷的な気分になる。

唐突に、けたたましい羽音を立て、一羽の鳥が林の一画から飛び去って行った。視線を送ると、紺碧の空の下に、白い帽子を被った山々の稜線が、鮮やかに照り映えていた。

白い骨

サイドカーのおかげで、巡回診療の能率は上がり、帰隊も早くなったが、師走も半ばを過ぎる頃、かねて危惧していた事態が出来《しゅったい》した。

悪性感冒の流行である。手抜き選兵の皺寄せが、こういう形で現われてきたとも思える。編成の段階から、総体的に兵たちの体力が低下している上、連日の突貫工事だ。風邪がこじれて当然かも知れぬ。さらに寒気が追い打ちをかけた。

肺炎、喘息、肋膜炎、肺結核などの重症患者が続出し、学校の教室を借りた臨時病室は、瞬く間に一杯になった。

このままでは、隊の計画にも支障がでる。何とかせねば、と気ばかり焦ったが、いい知恵は浮かばない。

治療薬といっても、特効薬はサルファ剤ぐらいだ。それも、間もなく底をついた。アスピリンやキニーネに頼るだけの、乏しい医療の中で、毎日のように一人、また一人と死んでいくのである。

やり切れない無力感と、身をよじるような焦燥感に苛《さいな》まれた。しかも、頼るべき先輩も、相談すべき友も傍にいない。孤独感に包まれた暗い日が続いた。

専任運転兵の辰野一水が、耳寄りな話を持って来たのは、ちょうどその頃である。

「ちょっと、いい話を聞いて来ました……」

彼は、やや興奮気味で、私に報告した。

「この村に初めて現偵に来た時、農家の軒下に、干魚や玉葱などが、よくブラ下がっているのを、見たことがあるでしょう。その中に、白い骨のような物が混じっていましたが、あれは馬の骨だそうです。何でも、昔から家庭薬として、〈熱冷まし〉に使われていると聞きました。いちど試してみたらどうかと……」

(それだ……)

暗夜に、一条の光を見出した思いがした。

漢方の生薬に犀角《さいかく》というのがある。犀の角を粉にして、煎じて飲ませれば、解熱、強精に効くと聞いている。

黒色のものは特に有効で、烏犀角というらしいが、犀のツノも馬の骨も似たようなものだ。いずれも同じカルシウムのかたまりである。効き目があるかも知れぬ。いや、効かなくてももともとだ。

溺れるものが藁をもつかむ思いで、早速、村の古老に使い方を教わることにした。

この地方では、馬の骨を数年間軒下に晒し、使用時に細かく砕いて煎じ、丼一杯の量を熱病患者に飲ませる、という。

鬼の首でも取った気になって、早速、軽症の感冒患者に試してみたが、まったく反応なし、つまり、無効であった。

「軍医さん、あきまへん。まずいばかりで、腹の足しにもならんで、いかんわ……」

関西育ちの鳶職兵に、オチョクられても、返す言葉がない。考えてみれば、うまい話がそう簡単に転がっているはずがない。

風邪一つ治せぬことに、深い挫折感に打ちひしがれ、無性に落ち込んだ。

霊薬「馬骨煎剤」

頼りにしていた「馬骨煎剤」が無効とわかり、気持ちが滅入った。親亀コケれば子亀もコケる、衛生科全員の意気も沈滞した。

馬の骨を紹介した辰野一水も面目を失ったと見え、このところ姿を現わさない。田中班長が、一時手元に引き上げたらしい。真面目な男だけに、結構信用されてると見える。

その彼が、しばらくぶりに、重そうに段ボールを下げてやって来た。

「軍医長、骨付きで馬の肉が手に入りました。これで冷やすと、打ち身に効くそうです。肺炎や喘息など、咳のひどい時などにも、胸の湿布に使えると思いますが……」

彼は最初に、馬の骨を紹介したことで、自分なりに責任を感じているようだ。

（さては軍の燃料をチョロマカしたな……さもなくて、今どき簡単に手に入るはずがない）

と思ったが、それを言っては、おしまいだ。

肉は湿布に使うとして、当然、後に骨が残る。そのまま捨てるのはもったいない。料理のダシくらいには使えそうだ。

そばで黙って聞いていた先任の野川上曹がその時、口を開いた。

「先日は、乾燥した骨を使いましたが、今度はナマのを使ったらどうですか？」

即座に反対したのは、持ってきた当の辰野一水である。形相が変わっている。

「いや、絶対駄目です。やめてください……！」

頑として妥協しない顔付きだ。

「肉をくれた人が言ったことですが、だいぶ前、ナマの骨を口にした病人が、急死したことがあり、それ以来、何年間も軒下に晒して、毒を抜く習慣になったそうです。ナマの骨には毒があります。ダメと言ったら駄目！」

いつも口重の男が、この時ばかりは、顔中を口にして、まくし立てた。

言われてみれば、反駁する根拠はない。さりとて、生の骨に毒がある、とも考えがたい。

議論百出した。ここは腹を決めるしかない。

「とやかく言うより、ナマの骨を使ってみよう。イチかバチかだ！」

ホゾを固めた。辰野だけは不同意とみえ、口を「へ」の字にして仏頂面だ。

さっそく骨を砕き、水炊きが始まる。三時間後、ギタギタと油の浮いた、濃厚スープが出来上がった。

続発する患者のため、病室に当てられた国民学校の教室は、すでに満員の有様である。室内には、高熱に喘ぐ、病兵たちの低い呻き声や、喘鳴《ぜんめい》が充満し、陰惨な雰囲気であった。

このうちの何人かは、八方手を尽くし、今はただ、天命を待っている状態だ。

重い肺炎にかかって、気息奄々《えんえん》の、山並という男に白羽の矢を立て、丼一杯の馬骨スープを呑ませることにした。

これまでの例によれば、この兵も、あと数時間の命だ。喉の奥からゴロゴロと痰の絡まる音がしてくる。病兵の顔はどす蒼く、早くも死相が浮かんでいるように思えた。

意識もはや混濁しようとしている。おそらく私の顔も、ろくにわからないに違いない。

私は心を絞り、朦朧の彼の魂に語りかけた。

(このスープは、われわれが精魂込めて作った妙薬だ。お前が最初に、その効果を試すことになる。ヒョッとすると、天国行の片道切符になるかも知れん。だが、うまくすれば、生還第一号だ。幸運を祈る……)

今、私にできることは、祈ることだけであった。

衛生兵の一人が、彼の身体を抱き起こし、丼一杯のスープを、吸呑《すいのみ》で少しずつ飲ませた。鶏のガラと違って、臭いの強い、ドロドロした馬骨煎剤は、常態ではとうてい飲める代物ではない。

幸い患者は、半ば意識不明であった。味なぞわかるはずはない。時間をかけて、ゆっくり、全部の骨汁を彼の胃袋に流し込む。あとは結果を待つばかりだ。

一本の藁に縋る思いで作ったこの煎剤、はたして吉と出るか、凶と出るか、悪くすれば、明朝はやばやと、できたての死体に対面することになりそうだ。

さすがに不安であった。病室の隣に床を取り、一夜を明かすことにする。

仏法で言う八大明王の一つに、馬頭明王という観音がある。三面八臂、馬相をなし(または宝冠に馬頭をいただき)、人間の諸煩悩を断ち切って助ける、とされている。馬霊教という宗教もある。馬には、何か神性が宿っている気がする。はたしてそうか……?

一方、悪い意味では、住所不定の輩《やから》を（どこの馬の骨か）などと侮辱して呼ぶ。また、うさん臭い人間を意味する場合にも使われる。一体馬の骨は善か悪か?

とつおいつ思い悩むと、なかなか寝つかれない。

明け方、やっとウトウトした頃、病室当番の看護兵がアタフタと駆け込んできた。

「患者の様子が変です。すぐ来てください!」

声がおののいている。

急いで枕元に駆けつけると、その病兵の周りには、すでに同室の軽症者が、輪を作って見守っていた。

聞くと、夜中から体温がドンドン下がり出し、今計ったら三五度だという。見れば、患者は顔面蒼白、全身汗に塗れ、一見重篤である。無精髭の薄く生えた顎が、擦り切れたタワシのように、黒ずんでいる。

懐中電灯を取りだし、瞳孔を見た。対光反射はちゃんとある。続いて聴診した。明らかに羅音が消失している。喘鳴もなく、脈拍緊張し、呼吸は平静であった。

「山並水兵長……! 気分はどうだ?」

耳元に声を送ると、閉じていた彼の眼が、おもむろに開き、やがて絞るように声を押し出した。

「だいぶ、楽になりました……何か、食いたいです」

病人も食い気が出れば、しめたものだ。安堵が、深い溜め息となって出る。

「もう、大丈夫だ、助かったぞ……！」

声が弾んだ。期せずして歓声が沸き起こる。彼は、フェニックス（不死鳥）のごとく、死の淵から甦《よみがえ》ったのだ。

究極の霊薬「馬骨煎剤」は、かくして誕生した。

後日、試みに牛、豚、鶏などの骨を使って試みたが、馬骨のごとき劇的効果は、得られなかった。この時まで、二七名の病死者が出ていたが、その後、一名の死者も発生しない。

爾来、馬には神性があるというのが、私の持論である。

霊薬の発見により、正念の場を辛くも凌ぎ、やがて、運命の昭和二十年を迎えようとしていた。

養護小隊（Ⅰ）

一月も半ばを過ぎて、工事は軌道に乗ってきた。隊員宿舎は完成し、山の斜面を利用した隠蔽工場も、つぎつぎに出来上がる。

山腹を、馬蹄型に掘り抜く隧道の開削も、併行して進捗してゆく。建設の槌音は、終日山山に谺《こだま》し、しばらくは、平穏な日々が続くかのように思えた。

しかし、この頃から兵たちの間に、密かに不満が湧きつつあったのである。各中隊に少数ながら問題兵がいて、これが士気に悪影響を与えている、という。

調べると、それらは、いずれも病弱兵（脳梅、弁膜症、リューマチ、胸肺疾患、知能低下など）であった。

全員が突貫工事に励んでいる時、少数でも、働きの鈍い者が混じっていると、士気が落ち、作業能率が悪くなる。

諺に言う〈一桃腐りて百桃損ず〉の理屈であった。

（統率上、問題が生ずる）

というのが、各中隊長の言い分である。確かに一理だ。

樫浦隊長は考えた末、これら問題兵を一個所に集めて、養護小隊を編成することにした。早くいえば、各中隊から無用人間を間引くのである。たちまち、五〇名近くのハミダシ兵部隊が編成された。隊の性質上、過半数が要治療兵だ。

当然のように、私はこの厄介者集団の小隊長兼務を命ぜられた。ちょうど、医務室に隣接して、老朽化した農協倉庫があり、これを改造して、連中を収容することにする。

〈健全な精神は健康な身体に宿る〉

という言葉があるが、

〈不健全な肉体には、不健康な脳味噌が宿る〉

と見える。やがて、私はこの連中に手を焼くハメになった。

毎朝七時に点呼がある。定時に全員が顔を揃えるのは珍しい。隣の兵と靴を履き違えて喧嘩になったり、リューマチや弁膜症のため、息が切れて、床上げに手間取るのである。

やっと集合しても、今度は、整列するのがまた大変だ。

「右向け右」が、まず時間がかかった。右と左の区別がつかないものが数名いるのだ。誤って一人が左を向くと、正しく右を向いたものが、間違ったと錯覚して、反対を向いてしまう。向かれたほうは、これまた自信なく、「回れ右」をする寸法だ。

判断力の低下と、自信のなさが間違いを誘発し、全員が正しく右を向くのに、はじめは一〇分もかかった。

どうにか整列しても、朝礼後のラジオ体操がまた厄介だ。人の真似をしないと、満足にできないものが数名いる。

担当の衛生兵が、声をからして、大童《おおわらわ》で走り回っているのを見ながら、傍で、野川先任上曹が長い吐息をつく。

「軍医長、これはもう……漫画であります」

（ヨタヨタ部隊だ）

私は思った。

養護小隊（Ⅱ）

囲碁に「死に馬が屍をこく」という言葉がある。

完全に死んでいる、と思っていた石が、知らぬ間に、息を吹き返していることをいう。

その屍をこいた馬男とは、山並典祐水兵長（鉄道員出身）である。

例の「馬骨煎剤」で九死に一生を得た生還第一号だ。肺炎は治ったが、体力の回復が遅れ、しばらく、養護小隊に居残ることになった。

よほどここが性に合ったのか、彼は、元気になってからも、何となくわれわれと行動をともにすることになる。

小隊に移された時、彼は私に見え透いたオベッカを使った。

「自分の名はノリスケと読みますが、命を拾っていただきましたので、これからはテンユウと呼んでください」

調子のよい男だ。はっきりお世辞とわかっても、悪い気はしない。

頭も切れた。中隊では、先任兵長を務めていたこともあって、兵の扱いがうまく、いつの間にか、養護小隊のリーダー格になった。欠点は、小柄で非力のことである。

よくしたもので、その彼に、打ってつけの相棒ができた。大男で力持ちの、望月源作水兵長（雑貨商出身）だ。はじめは、この男が何で養護小隊に入ってきたのか、理解に苦しんだ。とても病人には見えない。相撲取りのようにガッシリした体をしていた。

ギョロ目赤ら顔で、その上、偉そうに、頬髯《ほほひげ》まで生やしている。将官の服でも着せれば、結構似合いそうだ。もちろん健康そのものである。

難は、この男の醸《かも》し出す、一種特有の匂いであった。別の言い方をすれば凄みだ。野川先任に訳をきくと、頭を掻いた。

「軍医長には申し訳なかったのですが、実は第五中隊長に押し付けられたのです……」

要するに、腕力がある上、喧嘩早く、隊の統率上困るから「引き取ってくれ」と泣きつかれたらしい。真相は、中隊長とソリが合わなかった、というところであろう。

彼は、終戦直後、脱走、盗難などが相次ぎ、市内が一時無警察状態に陥った時、進んで警備に当たり、街の治安に努めた。大将髯、大男の彼が、ドスを利かせて一喝すると、大抵の街のチンピラどもは沈黙したという。

彼の前身が香具師の親方で、背中一面に、「般若に桜」の刺青があるのを知ったのも、その頃である。正義感強く、肝の座ったこの男は、敗戦の打撃で、魂を失った男たちの中では、際だって骨太のサムライであった。

帝国海軍という屋台骨を失い、拠所《よりどころ》をなくし、腑抜け同然になった私に、「オイチョカブ」「コイコイ」「バッタマキ」など花札賭博のノウハウを教え、「サイコロ」博奕の必勝法を伝授し、束の間の生き甲斐（？）を与えてくれたのも、彼である。

とはいえ、昭和という、大きな時代のうねりの中で、この二十年はまさしく私にとって、人生の谷底であった。

谷底から這い上がるには、奇麗ごとばかり言ってはおれなかったのである。

写真班（Ｉ）

ある日、隊長室に呼ばれた。

「軍医長、養護隊には、いろいろな連中がいると思うが、どうだね？」

樫浦大尉は、愛用のキセルを磨きながらきく。

「種々雑多です。頭の弱いものやら、リューマチ、弁膜症、腰痛、それに肋膜、喘息など……いないのは中気と脱腸くらいなものです……」

彼は破顔した。

「ききたいのは技術員のことだ。写真に詳しい者がいないか、至急当たってもらいたい」

今までも、工事の進捗状態は、逐一、上層部に報告しているが、予定より早く完成しそうなので、これからは、写真も添えることにしたい。作業中隊は、いつも人員不足で、人手を割《さ》く余裕はない。養護隊に適任者がおれば、写真班をつくりたいと思っている、と言うのだ。

急な話だが、もともと私はカメラに趣味がある。早速、兵籍名簿を調べると、都合よく、役に立ちそうな者が、二名見つかった。ともに一等水兵である。

新田五郎右衛門（写真館経営・仙台出身）

今どき珍しい、クラシックな名前だ。強そうな名前だが、実物は鳥ガラのように痩せていて、髭が濃く、牛乳瓶の底のような、度の強い眼鏡をかけていた。

「先祖は……？」ときくと、

「昔は、仙台藩に仕えた、槍一筋の由緒ある家柄だった、と聞いています」

と胸を張る。彼は、リューマチで足が悪く、いつも片足を引きずっていた。この足でよく兵隊になれたものだ。

（由緒はあるかも知れぬが、先祖は、戦いに破れた落武者に違いない）

私は、槍を杖にして、ヨロヨロと、城を落ち延びて行く侍を連想した。後日、彼は、私の母校の卒業アルバムを引き受けている「新田写真館」の若旦那とわかった。

世の中は案外狭いものだ。

柳町一寸見（写真材料店経営・東京出身）

ヤギマチ・マスミと読む。喘息持ちで、少し無理をすると、ゼエゼエやっている。もちろん力仕事はカラキシ駄目であった。

新宿で「柳芳堂」という店を開いている、という。一見やさ男である。新田とは対照的に、ゆで卵の殻を剝いたようにツルツルした顔をしていた。

彼は喘息持ちの癖に、めっぽう煙草好きであった。暇さえあればプカプカ吹かしている。当時、軍隊でも煙草は配給制であった。そうやたらに吸えるはずはない。不思議に思ってきくと、

「家内の実家が、福島で煙草の栽培をしていますので、そこから送ってもらうのです」

と答えた。

「煙草は、身体に毒だから、ほどほどにしないと、命取りになるぞ……とくに喘息にはな……」

と注意しながら、抜け目なく、早速その分け前に預かったのは、言うまでもない。

とにかく、これで写真班ができた。班長は、またまた私が兼務だ。私は普段、手が空きさえすればブラブラ外を歩き回っているので、暇人に見られるらしく、こういう役は、自然と私に回って来ることになっている。

巡回診療時、鞄持ちを兼ねて、この二人を連れて行く日が多くなった。

やがて二月、間もなく、春一番が吹き荒れようとしていた。

写真班（Ⅱ）

部隊が展開して、まだ三ヵ月余であったが、福原地区には、すでに地下工場三、隠蔽《いんぺい》工場一〇、隊舎一二が完成していた。

もちろん、各施設に通じる誘導路も出来ている。本来の装備に加えて、硫黄島行の資機材を増備した、強大な機械力の賜物であった。

作業の進捗状況を報告するのに、写真を添付したいというのが隊長の考えであった。写真をつけるのが、最も説得力があるのはわかる。しかし、隊長は簡単に言うが、新しく写真班を発足させるのは、それなりに準備が必要なのだ。一番困ったのは、写真材料の不足である。もともと思い付きから出発するので、予算の裏付けがない。それでなくても、物資不足の折だ。物がなければ、せっかくつくった写真班も開店休業のほかはない。

半ば諦めていた時、柳町一水から申し出があった。

「自分に少々心当たりがあります。一度、東京に行かせてください」

自信がありそうだ。ちょうど、横須賀海軍病院に、医薬品補給のトラック便があったので、彼を連れて、私も一緒に行くことになった。

病院で所用を終え、柳町の希望する新宿に向かう。

車が止まったのは、「小西六・写真フイルム株式会社」本社の玄関先である。見慣れない海軍公用車を見て、社内から職員が出てきたが、われわれ一行を見ると、慌てて屋内に走りこんだ。何か勘違いしたと見える。

代わって奥から姿を現わした重役タイプの人物が、ここの副社長であった。その顔に、初めはいぶかる色が……、続いて、驚きの笑みが浮かんだ。

「柳町さん、どうしてここに……？」

副社長の応対はきわめて丁重である。柳町一水は、一礼して口を開いた。

「お久しぶりです。海軍に入って、今度、写真の仕事をさせてもらうことになりました。今日は、そのことで少々お願いに参りました……」

続いて彼は私を、「上官です」と紹介した。

彼の態度は、やや横柄に見えるほど堂々としている。それもそのはず、柳町はこの会社の常務取締役で、かつ大株主であった。

そのことを知ったのは、応接室に通された後である。

会談が始まると、柳町一水の顔は、にわかに精彩を帯びてきた。弁舌も爽やかに、副社長に語りかける柳町の顔は、戦いに臨む勇将のごとく、自信と迫力に溢れている。兵隊では冴えない一介の兵卒が、ここでは堂々たる論陣を展開した。口を挟む余地はない。知られざる彼の一面を見た思いで、私はただ唖然として傍観するばかりだ。

（この男は、兵隊である前に、根っからの商人だ！）

一種の感動をもって、彼を見直した。

副社長も、彼には一目置いている様子だ。以後、交渉は円滑に進み、小西六社は一時貸与の形で、品物を樫浦部隊に納入することになった。

本社を辞し、やがて案内された「柳芳堂」写真店は、その筋向かいにあり、古びていたが、重厚な建物だ。

番頭らしい老人に迎えられ、テキパキと指示を与えている彼の様子は、どう見ても大老舗の旦那であった。奥さんの手料理を御馳走になり、ゆったりした気分になる。

戸外に出ると、いつの間にか、宵闇が墨のように滲み出していた。如月の風は冷えていたが、早春の匂いを含んで甘く、帰途に就くわれわれの足取りは弾んでいた。

隊長と煙管《キセル》

第三〇一四設営隊隊長　樫浦晃大尉

東京帝大工学部出身の逸材である。やや細面の温厚な青年士官であった。彼は厳父より譲られた、鉈豆煙管《なたまめキセル》を愛用していた。

江戸時代、上流町人が好んで持ち歩いていたという、このキセルは喫煙以外に、護身用としての役目を兼ねていたらしい。

かなり持ち重りのある真鍮製で、断面は楔状をなしていた。力を込めて振り下ろせば、相当の破壊力がありそうだ。現今のパイプと比べ、重量があるため、刻みタバコを詰めて吸飲する時は、手掌で支える必要がある。

彼はまた、このキセルを収納するにふさわしい、煙草入れを常に身につけていた。印伝革の「腰差し煙草入れ」だ。キセル筒と煙草入れを、鹿皮の「根じめ」で連結してある。

革袋には、キセル同様、古びていたが、それなりの風格があった。

彼は、刻み煙草が入っていて、これをキセルの火口《ほぐち》に詰め、火を点け、目を細めながら一服する時、隊長の顔はしばし和み、厳しい指揮官の顔から、屈託のない学究の顔に変貌した。

彼は、一口吸うたびに、机を灰皿代わりに、トントン叩いては中身を詰め替える。ある日うっかり強く叩き過ぎて、大事な雁首を折ってしまった。

とりあえず、絆創膏で応急手当てしたが、もちろんうまくいかない。どうしても、隙間から煙が洩れてしまうのだ。

第一、恰好が悪い。頭部は元気なく垂れ下がり、ブラブラと揺れ、見るからに威厳を失った、まるでひねられたニワトリの頸だ。

以来、彼はキセルの胴を乗せた手の食指を真っ直ぐ前方に伸ばし、雁首を支えながら、ソロソロと注意深く、煙草を吸うことになった。

うっかり強く吸うと、絆創膏接着部から空気が入り、ヒュルヒュルと、不景気な音を立てるのだ。

この音を聞くたびに、私は何やら物寂しい気分にさせられたものである。

「首が折れたおかげで、ヤニ掃除が楽になったよ……」

彼は、痩せ我慢を言っていた。

キセルは真鍮製のため、ハンダ付けも、溶接もできなかったが、彼は最後まで、大切にして手放さなかった。

よほど亡父への思い入れが強かったに違いない。

おかげで、接着用の絆創膏を補給するのが、以後私の仕事になった。

彼は、戦後パージ（公職追放）にかかり、一時野に下ったが、後、東大工学部講師に復帰し、同学部助教授を経て、広島大学工学部教授に招聘された。柔軟構造物の権威である。

氏は、今でも年賀状を欠かさない、数少ない戦友の一人である。

乗馬訓練

昭和二十年二月
隊員宿舎の完成とともに、岩間、友部に分散していた支隊は、福原の本隊と合流し、工事は一段と活気を帯びてくる。

多忙な巡回診療はなくなり、代わって、山間に点在する作業現場の巡視が始まった。今でいう安全衛生点検だ。

現場への路は、ほとんど、車両がやっと通れる岨道《そば》であった。特に隧道工事付近は大小の岩石が随所に転がり、掘削機械や工具類が、雑然と放置されていて、危険である。車で行くより、むしろ歩きのほうが安全であった。

この頃すでに、燃料不足が深刻になっている。太平洋戦争は米英との戦いであると同時に、燃料との戦いでもあった。

設営隊は任務上、油が絶対不可欠だ。乏しい燃料を節約するため、物品の運搬にはできるだけ人力、馬力を利用することになった。

幸い、この地方は、耕作用に牛馬を飼育している農家が多く、農閑期には割合簡単に借り上げることができる。

私は、部隊が運搬用に借りた馬を又借りして、しばしば巡視に出かけた。学生時代、乗馬部に籍を置いたことがあり、馬の扱い方は、多少は心得ていたのだ。

馬は、サイドカーに比べて、はるかに乗り心地がよかった。その上、険阻な道でも、巧みに障害物を避けて行く。私はただ、手綱をとっていればよかった。

晴れた日、あたりの景色を眺めながら、のんびり揺られて行くのは、結構心地よいものだ。いうならば、「大名気分」である。

これを見て、副長・志村中尉が、早速クレームをつけてきた。

「軍医長だけがいい思いをしている。俺にも乗らせろ」

と言うのだ。

そう言われても、借りてきた馬は、もともと輓馬《ばんば》だ。人間を乗せるようには出来ていない。素人が、心得もなく乗るのは、危険であった。

副長の熱意で、乗馬部が発足したのは、それから間もなくである。

またも私は教官を命ぜられた。

部員は隊長以下一〇名、いずれも、馬など今まで触ったこともない連中だ。

「軍医長、大丈夫か……？　そばに寄っても嚙みつきやしないだろうな……？」

言い出した癖に、一番用心深いのは志村副長であった。

他の連中も似たり寄ったりだ。いざとなると尻込みするのを、半ば強制的に、馬の背に押し上げ、まず、「並み足」から訓練を始める。

乗るのは、生まれて初めての者ばかりだから、教えるのも一苦労だ。

「鐙《あぶみ》には浅く足をかけろ！」

「膝が甘い！　尻は浮かせて、両膝で乗るつもりになれ！」

油断は怪我につながるだけに、言葉も乱暴になった。続いて鞭の使い方、馴れてくると「跑《だく》」の打ち方、上達したところで、拍車を使わせる。

二ヵ月も経つと、皆、かなりうまく馬を扱えるようになった。仕上げには、早駈けをまじえて遠乗りを試みる。

味爽《まいそう》の一刻、朝陽の差し始めた人気のない山道を、馬腹を蹴って疾駆する時、私は束の間の青春を味わっていた。

刃傷・手術

山々は深い眠りから醒《さ》め、ひそかにざわめき始めていた。ざわめきは、日一日と大きくなり、陽光は次第に暖かさを増していく。春が近い。
昭和二十年二月十一日　紀元節

この日だけは、連日の突貫工事を休み、夕方から「酒保開け（飲酒許可）」となった。久久の酒振舞いである。

事件が発生したのは、この夜九時頃であった。第五中隊長の一等兵曹が、部下の一等水兵に、日本刀を振るったのだ。

中隊長といっても、私とたいして違わない二十代の若者である。日頃から粗暴の行ないがあり、部下の信頼も薄かったようだ。

彼は士官候補生で、近く昇任の予定であった。日本刀は、その日のために以前から用意されていたものらしい。

宴も終わりに近づき、隊員たちがボチボチ部屋を片付け始めた頃のことであった。折から中隊長は酒気を帯びたまま、日本刀の手入れにかかったところだった。

秋月登という三十がらみの補充兵が、たまたま、酒癖の悪い中隊長の傍に居合わせたのが不運といえば不運であった。

トラブルのきっかけは、ごく些細なことだった、という。

拝み打ちに、真向から振り下ろされた一刀が、防御姿勢をとった秋月の右上膊をザックリ切り裂き、彼の利き腕は、ダラリと垂れ下がってしまった。運よく主動脈は外れたため、致命的出血はまぬがれたが、腱、神経、動・静脈を切断されては、かなりの重傷だ。

本来、安らぎの場たるべき酒席は、たちまち酸鼻な流血の場と化した。

秋月一水はその場に昏倒し、酒乱の中隊長は、駆けつけた巻村内務班長によって、ただちに中隊倉庫に監禁された。

急報を受け、現場に急行した私は、血の海に横たわった負傷者を前にして、思わず息を呑んだ。大事《おおごと》である。正直、肝が縮んだ。

空母「隼鷹」では、練熟した助手が傍におり、経験豊富な先輩軍医の指導もあって、カケダシの私でも砲煙下の修羅場を何とか切り抜けてこれた。

だが、今ここでは、軍医は私ただ一人だ。怯《おび》えをともなった不安が、腹の底からつき上げてきた。しかし、自信はなくても肚を据えてやるしかない。

幸い、介補の野川先任上曹は、駆逐艦乗り組みの実績がある。彼の艦はラバウル輸送作戦の際、敵の空襲で少なからぬ被害を受けたが、その時、かなりの数の負傷者を手当てしたと言っている。この際有力な助っ人になるはずだ。

出血が続いている。急がねばならぬ。

その場で処置することにし、医務室から器材を取り寄せた。患者の右肘から先は、すでに紫藍色に変わり始めている。

「軍医長、始めましょう。用意は出来ています……」

野川先任が促した。彼の顔も、緊張でこわばっている。一髪千鈞を引く思いでメスを引き寄せた。

日頃は思ってもみなかった、八百万《やおよろず》の神々に、この時ばかりは、心からのご加護を祈りつつ、私にとって一世一代の手術が始まった。

成否はむろん、「神のみぞ知る」である。

元来が不器用である。医学に進んだ時も父から、

「お前は、兄と違って手先が鈍い、外科には向いていない」

と言われて、内科を選んだくらいだ。何も知らぬ患者こそいい迷惑に違いない。古い解剖学書を傍らに、我ながら心許ない手術が始まった。

まず、駆血帯で上膊を緊縛し、生理的食塩水で創面を洗う。コッヘルを使って、末梢動脈を引っぱり出し、対応する中枢側動脈を探し出す。時々、駆血帯を緩め、拍動性出血を確認し、丸針で三針縫合する。

動静脈に続いて、神経縫合にかかる。腱縫合が一番てこずった。末梢側も中枢側も、筋肉や脂肪層内に収縮埋没し、探索に手間取るのだ。

手術しながら首を伸ばし、解剖書を見るので余計疲れる。初めは慎重にやっていたが、二時間もすると、疲労と緊張で頭の中が空白になった。時の経過が、やけに遅く思える。

太い腱は五針縫合したが、細い腱は一針で済ますことにした。折れた骨が、時間が経てば、くっ付くように、腱も一寸繋いで置けば、そのうち癒着するだろうと、横着を決め込んだのだ。

肩が凝り、指先が硬直してきた。眼もかすみ、視界がぼやける。頭の中ではシンバルが喧しい。汗が噴き出るように湧き、眼に沁みた。

戦いはなお続いている。後戻りはできない。倒れたら代わりはないのだ。

（それ！　ゴールまで、もう少しだ！　がんばれ！）

角針で、筋肉、皮膚を縫合し、すべて終わった時は、夜はようやく明けようとしていた。

全身から力が抜け、その場にへたり込む。

使用した「生理的食塩水」は一五〇〇ミリリットル、「ガーゼ」一二〇枚、「〇・五パーセント塩酸プロカイン液」八〇ミリリットル、よくショックを起こさなかったものだ。

縫合は、「カット・グート（腸線）」埋め込みを含め、約一〇〇針、最後に患部を肘直角位に固定して、私の戦いはやっと終わった。

「やりましたね……、私の経験からいっても、この腕は大丈夫つながりますよ……」

介補の野川上曹が、汗を拭きながら慰めてくれた。

最初紫藍色を呈していた皮膚が、今は心なし赭《あか》味を帯びて見える。

指の運動は、第四、第五指がわずかに動く程度だったが、どうやら、肘は切断せずに済みそうだ。

問題は化膿である。

例の馬骨煎剤を、やたらに呑ませ、貴重品のサルファ剤も惜しまず投与した。その甲斐あってか、化膿を免れ、一〇日で抜糸、一ヵ月後には副木も外すことができた。

意外にも、全指とも不十分ながら屈伸でき、前膊も三〇度ぐらい運動可能である。以後、リハビリに努めた結果、終戦解散時には、前膊屈伸は、六〇度可能なまでに回復していた。

彼は、繊維会社の社長と聞いている。戦後の消息は、ついに不明であったが、生きていれば、今八十歳前後のはずだ。もし、再会の機会があったら、何を置いても、彼の右手と握手して見たいものである。

それは、私にとって、忘れ得ぬ青春のモニュメント（記念碑）でもあったからだ。

私は、今でも彼は浜松のどこかに、健在していると信じている。

東京大空襲

厚く積もった雪もようやく融けだし、野山には、春の気配が次第に濃厚になってくる。乏しくなった医療資材の補給と連絡を兼ね、横須賀海軍病院に出張した。

空母「隼鷹」時代の先輩・皆竹中尉を訪ね、旧交を温める。彼とは、かつて一緒に火線をくぐった仲だ。話は尽きなかったが、いつか夕闇が迫っていた。

取って置きのウイスキーを贈られ、再会を約し、トラックで帰途につく。

三月九日の夜である。出発間際に、彼は私に耳打ちした。

「今夜、東京に大空襲があるという情報が入っている。用心して、都心は避けて行ったほうがよい」

情報通の彼の言にしたがい、大倉山から勝田、保木、栗谷を経て、国分寺、東村山に抜ける道をとった。

これなら都心部から離れている上、割に近道になる、と思ったのである。やがて、この考えが甘かったのを思い知らされた。空襲の規模が、予想外に大きかったのだ。勝田から栗谷にかかる頃、すでに西方に空襲火災が望見された。

行く手にも、また火の手が上がっている。といって、今さら引き返すわけにはいかない。車には、医療用資材のほかに、予備の燃料がドラム缶で二本乗せてあった。万一引火したら一巻の終わりだ。

都電が燃えていた。電線や電話線がズタズタに引きちぎられ、蛇のように、路上をのた打っている。鉄骨は飴のようにねじ曲がり、真っ赤に焼けたトタンが、舞い上がっていた。至るところに、看板や木片が散乱し、燃えくすぶっている。

火は風を呼び、風は黒煙を巻き上げ、視界を塞《ふさ》いだ。赫《あか》い魔物が血の色をした腕を振り回すように、紅蓮の炎はあたりを焼きつくそうとしている。

道路標識もなくなり、信号機も吹き飛んでしまった。

(これはいかん、グズグズしていると、逃げ場を失う)

炎の向こうに死界が隠見する。不安が容積を増し、心臓がきしんだ。路傍に傷を負ったらしい人影が見えた。車を停めて、乗るように勧めたが、首を振り、早く行け、と手を振るばかり……どうやら、誰かを待っているらしい。

都電の停留所の柱に、寄りかかるようにして男が立っていた。道を聞こうと、そばに寄り、身体に手を触れると、バタンと倒れた。男はもう死んでいた。

防火用水がある。中から箸立てにフォークを逆立てたように、何本もの足が突っ立ち、真っ黒に焼けていた。頭に火がつき、わずかな水を求めて、水槽に突っ込んだまま、死んだのであろう。

ホースを持ったまま、死んでいる消防士の姿もあった。不思議に、動く人影は見えなかった。歩ける者は、いち早く避難したとみえる。

勝者による、虐殺の風景がそこにあった。

空襲は、三月十日午前零時とされているが、最激期は、午前二時頃と思われる。東京は大戦中、一二〇回の空襲を受け、約一一万六〇〇〇人が死んだ。そのうち一〇万人が、この日の空襲による、といわれる。

米側の疎明資料によれば、当日飛来した米機は、延べ三四四機であった。B29一機は平均六トンの爆弾、焼夷弾を搭載している。単純計算でも、およそ二〇〇〇トンの爆弾が落下した勘定だ。いかに、この日の爆撃が峻烈、苛酷であったか、想像できよう。

一時は死を覚悟したが、からくも業火の結界を逃れたのは、夜の帷《とばり》がようやく巻き上げられようとする、午前四時頃であった。全身ススに塗《まみ》れての生還であった。

ヘビネ一等水兵

紺碧の大空を、穏やかな陽光を含んだ雲が、ゆっくり流れて行く。

波のうねりに似た山々の緑は、日に日に濃さを増し、草花はいっせいに綻び、馥郁《ふくいく》たる香りで村を包む。厳しい冬は、遠くに去り、周辺はもう春であった。

開発工事は、今や最盛期を迎えている。福原駅の倉庫はおびただしい貨物に溢れ、終日喧噪を極めていた。建設用のさまざまな資材が、毎日引きも切らず、搬入されて来るのだ。

ある夜、養護小隊の山並テンユウ兵長が、泡を喰って飛んできた。

「軍医長、海老根《えびね》一水が見えません。夕食のときは確かにおりましたが、夜の点呼時（八時）には、姿が消えていました……」

海老根は脳梅毒で、毎週サルバルサンの注射を受けている。彼には徘徊癖があり、これまでも、しばしば姿を消したことがあった。しかし、いなくなるのは、いつも昼食時で、一時間ほどすると、フラッと帰って来るのが例であった。

多少ボケてはいたが、おとなしく、憎めないところがあって、今まで黙認されていたのである。

今回は、夜のことだから事情が違う。もし、明朝までに帰隊しないと脱走扱いとなり、軍法会議ものだ。

急遽、衛生科、養護小隊の全員を非常呼集し、「山狩り」することになった。それも、他中隊に知れぬように、隠密に行なう必要がある。捜索隊を編成し、早速数班に分かれて出発した。

私は、野川先任上曹、テンユウ兵長とともに、村の薪炭集積所に向かう。

ここは、部隊が進駐したばかりの頃、臨時に医務室として使ったことがあり、隊員は皆土地勘があるはずであった。

野川先任が二、三日前、村民が、

「この小屋の裏山に、兵隊が一人で登って行くのを見た」

と話していたのを聞いた、という。

薪炭小屋の後ろに回ると、なるほど、最近人が歩いて出来たらしい踏み分け道が奥の方に続いている。

暗い中を熊笹を掻き分けながら進むうち、突然、テンユウ兵長の懐中電灯が、何やら真っ白い、丸い物体を前方に照らし出した。

眼を凝らすと、その物体は、ゆっくり上下に動き、やがて、中央の割れ目から黄褐色の異物を吐き出した。紛れもなく、それは排便中の人間の尻であった。

前に回って、肝を潰した。海老根一水が、生のマムシをくわえて、食事の真っ最中ではないか！　彼は灯《あか》りに照らされながらも、怯《ひる》まず、黙々と生理的作業を続行している。

傍らで、野川上曹が感に堪えたように、溜め息を鼻から漏らした。

「口から蛇を食いながら、尻から糞を出すとは、つまり、人間トコロテンですな……！」

（それを言うなら、トコロフンではないか）

私は胸の中で毒づいた。

エビネが蛇捕りの名人で、マムシが何よりの好物、と知ったのはこの時からである。

何の役にも立ちそうにない者でも、一つくらいは、取柄があるものだ。その実例が、海老根一等水兵である。彼は、普段は掃除、洗濯、窓拭き、草むしり程度しかできなかったが、「蛇捕り」の特技があった。

彼の犯した「蒸発」事件は図らずも、自らを有名人に仕立て上げたのである。海老根はこの事件以後、昼食後二時間の自由時間を特別に許可されることになった。つまり、蛇蛋白・補給係を命ぜられたのだ。

彼のおかげでわれわれは、各種の蛇食を賞味することになった。

味はやはり、マムシが一番上等だ。骨っぽいが、トロ火で焼いて、手でむしって食べると、カツブシの味である。

次は赤棟蛇《ヤマカガシ》、異臭が強いが何とか食える。

最低は青大将だ。これは、かなり長時間焼いても生臭さが残った。食べる時は、鼻をつまんで一気に呑み込むしかない。

海老根は、この生臭い青大将を半焼きにして、骨ごと食べるのだ。ほどなく、彼はエビネでなく、「ヘビネ」と呼ばれるようになった。

彼の働き（？）で、士官室の食卓には、たびたび蛇蛋白が登場することになったが、噂を聞いた作業中隊が、業務の合間を見て、蛇狩りに熱中しだした。

そのうち、捕獲熱はエスカレートし、蛇の姿を見ると、仕事はそっちのけで、眼の色を変えて捕獲に奔走する始末となる。軍隊もまた、食糧不足の時代であった。

福原地区は、昔から蛇の多いことで知られている。この付近は、関東ローム層の中心に当たり、火山灰の上を、肥沃な黒土が被っているため、小動物が育ちやすいのであろう。

これまで村人たちは、春先、山に入る時は常にマムシ除けに厳重な足拵《ごしら》えをして出かける習いであった。それが、隊を挙げての蛇狩りで、山中の蛇族はたちまち激減し、マムシ除けの身支度も不要になった。

村人からは、

「おかげ様で、山仕事が大変楽になりました」

と感謝されたが、結局、われわれが蛇食の恩恵に浴したのは、六月一杯までであった。

こうしているうちにも、戦局は日増しに悪化し、
昭和二十年三月十七日　硫黄島守備隊全員玉砕。

〃　四月　一日　米軍、沖縄本島に上陸。

〃　四月　七日　戦艦「大和」以下一〇隻の海上特攻隊、沖縄に出撃、主力全滅。
〃　四月十二日　米大統領フランクリン・ルーズベルト死亡。
〃　五月　五日　端午の節句、横綱照国、戦勝を祈願し、鎌倉の鶴岡八幡宮に土俵入りを奉納。

戦災で焼けた土地には「鯉のぼり」が揚がったところもあるが、戦争の行方はなお厳しく、平和の兆しは見えなかった。

自家製手榴弾

五月のはじめ、上層部より指示があった。

「戦いも四年目に入り、武器、弾薬も乏しくなった。各部隊は可能なかぎり、独自に兵器の開発、製造に努力されたい」というのである。

設営隊には、工事用に、火薬や器械類が揃っている。工夫すれば、何とかできそうだ。ちょうど、出来たばかりの新工場に、各種のアルミ管や鉄材が、運び込まれたところだ。最も簡単に作れそうな、「手投げ弾」を作ることになった。

まず、手頃な太さの加工しやすいアルミ管を選び、縦横に刻みを入れ、約七センチの長さに切断する。短くした円筒の一方を、同じ材料でふさぎ、中に火薬や鉄片、釘などを詰める。反対側をアルミ板で蓋をし、その真ん中に小孔を開ける。孔に導火線を差し込めば、出来上がりだ。

畠の真ん中に案山子《かがし》を立て、いよいよ試作品の効果を試すことになった。目標の案山子に、三〇メートル離れた所から、手榴弾を投げるのである。

投げ手は巻村班長、導火線の長さは二〇センチ。

隊長は、五センチもあれば充分と言ったが、グズグズしていて暴発したら大変だ。絶対安全を期し、四倍も長くした。

巻村は、さすがに兵科の将校だ。投げた弾は目標から三〇センチと離れていない所にうまく落下した。

しばし時間が過ぎた。しかし、音も爆発もなかなか起こらない。

(導火線が長すぎたか……?)

(途中で火が消えたか……?)

全員、今か今かと固唾を呑んで見守るうち、それは破裂(?)した。

気色悪く、「プスッ」と。

不貞腐れて放った、犬の屁のような音である。同時に、佗し気に一条の煙がユラユラと立ち昇った。

もちろん、案山子は何事もなく立っている。

近寄ると、弾はアケビが欠伸《あくび》したように、パックリロを開けて転がっていた。まるで、われわれを嘲笑《あざわら》ってるように……。

失敗である。

憑き物が落ちたように、皆シラけてしまった。原因は容器の側にあったか、それとも中身の火薬にあったか、結局不明だ。

隊長が傍らで深い吐息をつく。

「人畜無害の手榴弾というわけか……泣けてきたよ」

彼の溜め息は、居合わせた全員の溜め息でもあった。武器製造の意欲はたちまち減退した。

そのうち、なぜか今市への部隊移駐の予定が早まり、弾作りは立ち消えになった。その頃

米軍は、

「オリンピック作戦」(昭和二十年十一月一日、九州南部上陸)

「コロネット作戦」(昭和二十一年三月一日、関東平野制圧)

の計画を着々練り上げていたのである。

こうして、敗北の足音が、見えないところから、ヒタヒタと近づいて来ているとは、もちろん、われわれは知る由もなかった。

主計長

福原地区でのわれわれの任務は、五月一杯で終了した。当初の完了予定は六月末だったが、上からの指令で早くなったと思われる。

次の予定地は、栃木県今市市と策定された。ただちに準備にかかる。

昭和二十年六月十五日

移動開始。完了は六月二十五日の予定である。

装備は部隊発足当時と比べると、倍近くに膨らんでいた。当然、引っ越しは容易ではない。輸送に要する燃料も、また馬鹿にならないのだ。

労資節減のため、資機材の移動は鉄道を利用することになった。動員された鉄道貨車は、有蓋、無蓋を合わせると六〇両余りにもなる。

移動の混乱の中で、奇怪な噂が耳に入った。

(今市での今度の仕事は、すべて八月十五日までに、完了することになっている)

という。

隊長に糺《ただ》すと、理由は不明だが、確かにそのとおりだ、と応えた。福原での仕事が一ヵ月繰り上がったのも、上部機関からの内命らしい。

まさかそれが敗戦の日になろうとは、夢にも予想できなかった。思えば、帝国崩壊へのカウントダウン(秒読み)は、この時すでに始まっていたのだ。

昭和二十年六月十八日

われわれ幹部は、本部に指定された今布市公民館に入った。

今市は、人口約三万、日光山・東照宮から東方約六キロの地点にあり、徳川時代、参勤交代の大名宿場で知られている。銘酒「清開」の産地でもある。しっとりと落ち着いた街であった。

戦前は紅灯緑酒、華やかな一角もあったというが、今はその俤《おもかげ》はない。勝沼治主計長の叔父が、ここで勝沼商会という醸造業を営み、今市ではきっての名士であった。

その店舗も、戦争の影響で酒造部門は縮小され、味噌、醤油が主な取扱品になっている。

むろん、酒倉はほとんど空だ。主計長のコネで、この空倉庫は部隊・糧秣需品庫の一つとして借り上げられることになった。

勝沼中尉は、慶応大学出身らしく万事鷹揚な人柄で、言い換えれば、坊っちゃん型紳士である。彼は普段から胃腸が弱く、食事は一日二回、それも粥食であった。

当時、部隊でも病人用の粥だけは混じり気なしの銀シャリだった。彼はこの食糧難の時代に白米を常食していた数少ない人種だったかもしれない。

終戦後は、いち早く父君の経営する土建会社「勝沼組」の専務に納まり、われわれの中では一番の金持ちであった。

戦後二〇年、目黒の料亭「雅叙園」で、一夜、隊友会が催されたが、彼は出席した全員の会費その他一切を引き受けたのである。席上で挨拶を述べる彼の顔は、未来への自信と希望に溢れ、眩しいくらい耀《かがや》いていた。そこには、堂々組織の頂点に立つ男の迫力があった。

かつての坊っちゃん士官は、戦後の荒波に揉まれ、見事に少壮、精悍な実業家に変貌していたのだ。昭和六十年、彼は若くしてこの世を去る。狭心症であった。

生きていれば、まだまだ日本の役に立っただろうに……惜しい男であった。

性病往来

今市に移駐して間もなく、思いもかけぬ事態が発生した。「性病」の多発である。都会から隔絶していた福原では、この手の病とはまったく無縁であったが、今市は、人口わずか三万とはいえ、歴とした都会であった。戦後、「赤線」と呼ばれた狭斜の巷は、戦時下にあっても、街の片隅にひそかに息づいていたのである。

性病は、主に「淋病」「横痃《よこね》」「梅毒」の三種であった。この頃、「淋病」の治療はカメレオン水（〇・一パーセント過マンガン酸加里液）の尿道洗浄が、唯一の手段であった。

約一五ミリリットルのカメレオン水を、繰り返し尿道に注排水した後、同量の二パーセントプロタルゴール液を、約二分間尿道内に留置する。主尿道から分枝した、副尿道内の淋菌を退治するためである。手早くやっても、一人当たり約六分を要した。

淋病患者が増えてくると、私だけでは手が足りない。能率を上げるには、まとめて面倒を見るにかぎる。

長椅子に、患者を五人ずつ座らせ、これも同数の看護兵で、いっせいに洗浄を行なう。最後にプロタルゴール液を注入し、そのまま便所まで歩かせ、二分後に排液、放尿させる。注入した薬液が洩れぬよう、筒先を抓《つま》み、野川先任上曹の「イチニ、イチニ」の号令にしたがい、神妙な面持ちで、トイレまで歩調を取って行進して行く様は、何とも珍妙な風景であった。少なくとも親に見せられる姿ではない。

罰当たりは兵ばかりではなかった。ある夜、医官室の戸をひそかに叩く音がする。扉を開けると、巻村少尉が悄然と立っていた。泣面である。手でズボンの前を押さえていた。

「軍医長、とうとうやられた。助けてくれ……」

寒さのためか、声も震えている。私にはすぐにピンときた。

（シケた病いに違いない……）

患部を見ると、陰茎全体が小児腕大に腫脹し、その先端はドス黒く変わり、浮腫を呈している。

自分なりに工夫（発案？）したとみえ、浮腫の部分に青葱を巻きつけてあった。充血して、赤黯《ぐろ》く、天を衝いて勃起した姿は、まるで、〈捩り鉢巻きをした茹蛸〉そっくりだ。思わず笑った。

親の心子知らずというか、親父の困惑をよそに、その不肖の息子は、毅然として自己を主張し、ガンバッているではないか！
風紀取り締まりを任ずる内務班長が、トリッペル（淋病）ではサマにならない。この際、少々いたぶってやることにした。

「これは悪性だ……うっかりすると、大事な代物が溶けてしまう恐れがある……」

わざと難しい顔を作ってみせる。我ながら意地悪く、

「何とかやってみるが……手遅れかも……？」

心配そうに言ってやった。

彼が青くなって、特別治療を懇願したのは言うまでもない。以来、巻村班長は消灯後、毎夜私の部屋へ忍んで来、コッソリ治療を受ける仕儀になった。

自業自得とはいえ、秘密を握られ、彼は哀れにも私の家来第一号になってしまったのである。私は、これで案外人が悪いのだ。

家来の第二号は、元香具師、望月兵長だ。養護小隊の点呼時、ガニ股でヨタヨタ走って来るところを私に見咎められ、悪所通いを白状した。「横痃」であった。

「よこね」は、軟性下疳または第四性病が原因で、鼠蹊リンパ節が化膿する疾患だ。最初は小さくても、放置すれば、やがてアヒル卵大に成長する。上官に知れると、手荒く叱られるので、ギリギリまで我慢し、結局片脚を引きずりながら受診することになる。

こうなると切開するほかはない。かくて、巻村少尉と望月兵長が、交互に時間差訪問する夜が続き、私の忠実な家来は二人になった。

戦時発明

焼夷弾拾い器

昭和二十年の初期、東京都豊島区の一住民が「焼夷弾拾い器」なる物を発明した。長さ三七センチ、幅三〇センチの塵取り様のもので、頂部の穴のところに木の柄を差し込む。材料は米機が落とした焼夷弾殻というから皮肉である。

数個作り、町会で不発弾を掬《すく》い取る訓練をしたが、実際に使用されることなく、終戦後は、ゴミ処理に使われて終わった。雨のように弾が降り注ぐ中で「呑気に弾を拾っておれるか」というところが本音であろう。

現物は豊島区立郷土資料館にある。

防空電球

夜間の空襲に備え、灯火を外に漏らさぬ工夫が重ねられた。普通は、電灯を黒い幕で包んだり、表面にペンキを塗って遮光し、底部からスポット光を落とすのだが、光量を「絞り」で調節するような電球も作られた。

陶製手榴弾

戦いの激化につれ、民衆の手からは遠いはずの武器が、身近なものになってきた。沖縄では、手榴弾が自決用として、民間人にも配られたと聞いている。備前焼の窯元では、軍命令で四万個も生産したという。

陶製手榴弾は、高さ七・五センチ、上部の穴に雷管を差し込んで、使用する仕組みだ。現物は、岐阜県・瑞浪陶磁館に陳列されている。

わが「三〇一四設営隊」製作の手榴弾は、犬の屁のような怪音を発したのみで、人畜無害であったが、この陶製のものは、かなり殺傷力があったらしい。

手動式バリカン

「バリカン」の語源は、日本に最初舶来したものが、フランスのバリカン製作所のものであったことから来ている。

戦時中は、男子の頭は坊主刈りが普通だったから、調髪はバリカン一丁で済んだ。理髪師も少なくなるにつれ、散髪は家庭の仕事になり、戦後しばらくは、母親が不器用にバリカンを扱ったものである。

私は戦後、充員召集を受け、復員船「早崎丸」医務長として、引き揚げ業務に従事したが、渤海《ボーハイ》の北岸、葫蘆《コロ》島から引揚者を乗船させる時、身を守るため、バリカンで頭髪を刈り、顔に煤を塗って男装した女性たちをみて、胸を衝かれた記憶がある。

戦いの結末は、敗者にとって、いつの場合でも酷く、辛いものだ。

玉音放送

昭和二十年八月十五日

正午より重大発表がある。と報《しら》されたのは、この日の朝八時である。

定刻、ラジオの前で、粛然襟を正し、待機するうち、やがて聞こえてきた陛下の御声は、雑音が多く、途切れがちでハッキリしない。ただ終わりの、

「耐え難きを耐え、忍び難きを忍び……」という一節だけが、耳の奥に残った。

蟬時雨《せみしぐれ》の一際降りしきる、真夏の昼であった。

御言葉を「もう一踏ん張りせよ」という意味に、勝手に解釈したのも、若さであろう。たちまち奮い立ったのは、人一倍、血の気の多い巻村班長だ。

「早速、斬込隊基地を作るべし……迎え撃ちだ！　片っ端からヒネリ潰してくれる！」

眼を吊り上げ、いきり立つ。負けじと私も同調した。

「そうだ。黙って負けるくらいなら、戦って死ね、だ。眼にもの見せてやる！」

すぐ尻馬に乗るのが私の悪い癖だ。さすがに樫浦隊長は冷静である。

「一日だけ様子を見よう」と慎重であった。

しかし、二人とも後には引かない。とうとう隊長も根負けして折れた。そうと決まれば、問題は斬込隊の拠点をどうするかである。

すぐ脳裏に浮かぶのは、日光の山奥であった。ここなら樹木鬱蒼《うっそう》として隠れ場所はいくらでもありそうだ。

巻村少尉は連絡用の４ＷＤ、私はナナハン側車に乗り込む、バイクの運転は、例によって、仏頂面の辰野一水だ。

隊長はもう何も言わない。ただ、燃料だけは十分用意してくれた。目的の奥日光に着くと、意外にも、すでに大勢の陸軍部隊が陣地構築中である。

なるほど……考えて見れば、陸上は彼らの縄張りだ。

（ここは海軍の出る幕ではない。陸サンに任せるのが筋かもしれん）

引き揚げようとした時、偶然、同窓の菊池陸軍軍医中尉に出くわした。訳を話すと、「少し離れた所なら、手頃な洞窟がある……」と言う。

彼が付けてくれた陸軍兵士の案内で、奥へ進む。もちろん車は入れない。昼なお薄暗い森の岨道を、藪蚊に悩まされながら、三〇分ほど歩くうち、山の斜面を抉《えぐ》って作ったらしい穴倉に達した。炭焼きに利用したとみえ、地面には、木炭屑が散乱している。

遠くで蟬の声がする以外物音なく、不気味なくらい静かであった。それにしても、ここは人里から少々遠過ぎる。

（これでは、斬り込む前に迷子になってしまうな……）と思ったが、他に適当な場所はない。

結局、一〇ヵ所ほど目印の旗を立て、夕方遅く、疲れ果てて帰隊した。

本部では、幹部たちが樫浦隊長を囲んで、何事か会議中だ。重い気配が室内を支配していた。斬込隊基地の探索状況など、とても持ち出す雰囲気ではない。

どうやら、彼らは、私たちの帰りを待っていた様子だった。

やがて、私たちが座に着くのを確かめると、副長は促すように眸を隊長に向けた。樫浦大尉は大きく頷《うなず》き、短い沈黙の後、砂袋を引きずるように重い声を押し出した。

「考えたくないが……、日本は負けたらしい。不本意だが……それが結論だ」

彼の顔には、無念さと苦渋の色が、滲《にじ》んでいた。

しばらくは実感が湧いてこない。戦いは我に利有らず、とは思ってはいたが、神州日本が敗れるとは、夢にも考えたことはなかったのだ。

(これまで、祖国の勝利を信じて砕け散った多くの戦友の死は一体何だったのか……?)

(民族の興亡を賭けて、父を子を同胞を戦場に送り、血を流してきたのは何のためだ?)

沸騰する思いが五体に漲《みなぎ》り、不意に堰を切ったように涙が噴きこぼれた。

敗戦無情

「戦争は負けた。しかし、それで日本が滅びるわけではない。詳細は、おいおいわかると思うが、とにかく、身辺整理を急ぐことにする……」

沈鬱な空気の中に、隊長の声が蕭然と流れた。

平素は静かな土地であったが、その夜はいつまでも潮騒に似た遠い響きが、風に乗ってザワザワと送られてくる。暑苦しく、眠りの浅い夜であった。

漠然たる不安と危惧の交錯する中に、重い一夜が明けた。

起床して間もなく、昨夜のざわめきは部隊の品物がどこかへ移動する物音であったことを知る。

聖戦の名分を失えば、軍隊は単なる人間の集団に過ぎない。まして、設営隊は人足、土方、無職者の集まりだ。

「大廈《たいか》将《まさ》に倒れんとするや、一木の支うるところに非ず」という。

崩壊の波は一気に押し寄せた。統率は乱れ、混迷の中に、踵を接して脱走が続く。一四〇〇人の部隊は、一夜にして半分になった。三日目には、三〇〇名に減り、一週間後には、バスに乗り遅れた一五〇名弱が残った。

脱走兵は、ドサクサに紛れ、一様に軍物資をかすめて、ドロンをきめる。米俵をトラックに満載して、遁走する者がいた。

荷車に味噌や醤油樽を山と積み、これも徴発した馬に曳かせ、鼻歌混じりで行方を晦《くら》ました奴もいる。

もちろん、盗られるものは、食糧ばかりではない。毛布、食器、燃料などあらゆる物が掠奪の対象になった。

通常なら、皆クサい飯を食うところだが、この時ばかりは、無法が大威張りで、まかり通ったのだ。常軌を逸した事態が続き、玉葱の皮を剥くように、日ごとに物資が消えていく。

一週間後には芯のみが残った。芯は、勝沼商会の空酒蔵に保管して置いた分である。おかげで、残務整理に必要なだけの食糧や消耗品類は何とか確保された。

街の様相も一変している。中でも眼に付いたのは、若い娘たちの変わり様であった。昨日までは、灰色染みた防空頭巾にモンペ姿だったのが、今日は、いっせいに色とりどりの「ブラウス」「スカート」姿に変わっている。

今までどこに蔵《しま》ってあったのか、口紅の色も鮮やかであった。夏らしく半袖になり、露出した腕の、剝きたての白桃のようにみずみずしい肌が、若い私には、眼も眩むほどまぶしく映った。

どこからか、甲高い子供たちの笑い声が聞こえてくる。小鳥の囀《さえず》りさえ妙に懐かしい。長い間忘れていたものが、戻ってきた気がした。

往来する男たちの顔も変貌している。戦争の重圧から解放された、屈託のない明るさがそこにあった。

（もう、これでは戦えない、日本は精神的にも負けてしまった。大和魂は一体どこに行ってしまったのか……？）

一抹の寂しさを感じた。

民族の将来を賭けた戦いは、ここに終焉した。もはや、山野に潜《ひそ》み、血刀を振るって敵陣に斬り込むなど、夢のまた夢である。

しかし、もう一人の自分が、私に、こう囁《ささや》くのだ。

（戦争は負けたが、生命の危険はなくなった。今までは国家が人を支配したが、これからは自分が、自分自身の人生を作り上げることになる。これで良かったのだ。違うかね……？）と。

世相混沌

脱走する者は兵ばかりではなかった。終戦三日目、早くも准士官三名が姿を消している。私たち若手幹部は、さすがに全員が残った。

残務整理の責任もあったが、海軍省の除隊命令がなかなか下りないのだ。もっとも、国土全域がほとんど焦土と化しては、帰郷してもそう簡単に仕事は見つかりそうもない。

脱走兵の多くは、年配の世帯持ちであった。彼らには、この狂噪、混迷の世情の中で、耐乏する家族を守る責任がある。責める気にはなれない。

結局、准士官では、空襲で妻子を失った岩沢という技手が、唯一人残った。

残務整理の主なものは、給与や糧秣・需品関係である。主計長が一番多忙であった。隊長以下幹部士官の仕事は、資機材の管理、兵器（小火器、車両など）などの返納手続きや重要書類の後始末である。毎日のように軍物資が消えていくので、目録の書き替えが大変なのだ。これも結構忙しそうに見えた。

一番暇なのは私である。診療業務には、格別秘密にするような事柄はなく、受診患者もほとんどなくなった。医務室に来るくらいの元気のある者は、とっくに遁走しているから、当然かも知れぬ。

私は、衛生関係の始末を野川先任上曹に任せ、柳町や新田たちと、もっぱら写真班の整理に取り組んだ。将来不利な証拠になりそうな、地下工場の写真や見取図、関連した人物の写真などを、一切消去することにしたのだ。

フィルム、印画紙などをすべて焼却処分し、不燃性の乾板類は公民館の裏に穴を掘り、粉に砕いて埋めた。もちろん、写真機や三脚は別にして、である。

一方、民間人との間に、軍物資をめぐって各所でトラブルが発生していた。物資の不足は人びとの心を荒廃させる。日本中が血迷っていたのだ。

流言が飛び、根拠のない蜚語が人心を擾乱する。取り締まるべき警察は、手不足のため無力化し、街の中は一時無法状態になった。治安が悪くなって当たり前だ。窃盗、恐喝、暴行、火事場泥棒などが横行した。

隊長はただちに臨時の警邏《けいら》隊を編成し、市内を巡回させる計画を立てた。しかし、残留兵の多くは、精神不安定な若者たちだ。いつズラかるかわかったものでない。いうなれば、脱走予備軍であった。街の治安どころか、騒乱のもとにもなりかねない。

つまるところ皮肉にも、かつて中隊から厄介者扱いされた養護小隊の面々が起用されることになった。

俄然、張り切ったのはハグレ兵たちだ。

三八式歩兵銃を持った兵六名と、海軍式拳銃を腰にした班長一名で構成された強行巡察は意想外の鎮撫効果を上げた。

強察隊班長は、ギョロ目髭面の元香具師《やし》望月兵長である。

彼はトラブルの現場を発見するや、「気を付け！」と号令をかけた。続いて、「走れ！」と怒鳴る。

ドスの利いた声とひげ面を見て、チンピラどもは蜘蛛の子を散らすように逃げるのである。街の小悪党どもは沈黙した。

望月は体制の権威が失墜した時、物をいうのは肩書や階級ではなく、幾度か鉄火場を踏んで鍛えた度胸とシタタカな根性であることを、実証して見せたのだ。

残務整理が一段落すると、兵器類を占領軍に引き渡すまで、一時の静穏が訪れた。

建国以来の諸々の仕組みが、ガラガラと音を立てて崩れゆく様を、ただ荘然と見守るうち、われわれは海軍省辞令を受け取った。昭和二十年九月十五日付である。

人生いろいろ

終戦直後のドサクサが、やや落ち着いた頃、隊本部東隣にある二宮（尊徳）神社の境内では連日、青空市場が繁盛していた。

今市や日光は、戦時中爆撃は受けていない。そのため、宇都宮（焼失・破壊家屋約九〇〇〇戸、死者約五〇〇名）方面からの被災者が、この地域にも大勢避難して来ていた。

差し当たって生活手段のない彼らが、すぐにできることは身近なものを売りに出すことである。それには、この神社の境内が恰好の広場になった。いわゆる「闇市」である。

付近の住民がこれに便乗した。売買される物は、衣類、食器、雑貨類が主で、なかには一目で軍放出（盗品？）と知れる物も混じっている。食料品は統制下にあり、表向き売り買いできないが、ここではむしろ物々交換の本命であった。

地面に直接むしろを敷いたり、ミカン箱に戸板を乗せて商売するのだ。タンスの奥に仕舞ってあったらしい嫁入り衣装、使い古しの背広からバケツ、アルミ製の食器、ライオン歯磨粉、タワシ、軍手、軍足、軍靴、何でもあった。

境内の隅には、水飴を売っている店があり、その隣では、軍の物と思われる虎屋の「押出し羊羹」さえ並んでいる。甘い物や食物には、どこでも人が集まったのだ。

中でも人気のあったのは、雑炊屋であった。顔が映るような水っぽい粥の中に、ネギ、人参、芋などを放り込んだ。今の人たちなら口にしないようなものが、食糧難のこの頃は飛ぶように売れたのである。

ある日、志村副長が街の噂を聞いてきた。

「闇市がはやっているが、売人の中に、うちの隊員が幾人か混じっているらしい……」

続いて情報が入った。

「境内で、衛生科の野川上曹の姿を見かけたというぞ……オデン屋を開いているそうだ」

野川は、残務整理が一段落した後、故郷の花巻に帰ったはずだ。何か事情があったかも知れぬ。同じ科の上司として、捨てても置けず早速、見に行くことにした。

境内の西寄りに、葭簀《よしず》囲いをした屋台がある。懐かしい「オデン」の香りがプーンと匂ってきた。結構繁盛しているらしく、人溜まりができている。

その奥で料理を作っている大男は、紛れもなく野川先任だった。特徴のあるチョビ髭は、見間違うはずはない。彼はマンマとオデン屋に化けていたのである。その隣に丸顔の女性が寄り添っていた。素人離れした感じで、人目で飲み屋のオカミと知れる。

（いつか副長が言ったエロヒゲは本当だった……）

私は得心した。

声をかけようか、迷っていると、いち早く、私の顔を見つけたと見える。

「やあ軍医長、とうとうバレましたか。一つどうです……」

彼は、鍋から中の一つを取り出しながら、〝努力性笑顔〟を作った。

さすがにバツの悪い様子である。続いて、横にいた女性を「家内です」と紹介した。

「先だって、岩手へ帰ったのじゃなかったかな……？」

ニヤニヤしながら聞いてみる。彼はちょっと寂しそうな顔になった。

「あそこも空襲にやられましてね、母と妹が死にました。幸い家は無事でしたが……」

「それはどうも……ところで、このオデンの材料はまさか、隊の横流しじゃあるまいな」

彼は慌てて手を振る。

「とんでもない、違いますよ。戦友からのカンパです、カンパ！」彼は唾を飛ばした。

（どうせ、部隊需品庫からクスネたか、衛生材料と物交して手に入れたに違いない）

と思ったが、今さら文句をいうのも大人げない。この際、黙って彼の好意（賄賂？）を受けることにした。

よく煮込んだ大根は、久しぶりに胃の腑を満足させたが、いささか後ろめたい気分である。

しばらくの間、ホロ苦さが口の中に残った。

一時帰省

幾日かが、風が吹くように過ぎていった。残務整理が一段落すると、隊長の判断で、われわれ士官も、交替で一時帰省することになった。

私も四日間の休みをもらい、名古屋方面に向かう車に便乗して、伊豆に帰ることにする。もちろん、伊豆は寄り道になるが、この際だから無理を通させてもらうことにした。

車は「ヒノ」の一トン半トラック、運転は管理隊・輸送班の下士官二名である。両名とも医務室に受診したことがあり、私とは顔馴染みだ。

当然ながら、軍人には配給通帳はない。よく洗った靴下二足に、それぞれ二合五勺（四五〇cc）の米を入れ、合計一升が四日分の食料であった。

出発する時、気が付くと、トラックの荷台に予備の燃料を入れたドラム缶のほかに、米俵が二つ積んであった。郷里への土産に、下士官らが隊から持ち出して来たに違いない。兵たちには独特のコネがあり、多少の融通（海軍ではギンバエと称する）が利く。雑嚢一つだけの私の軽装を見て、彼らはちょっと気の毒そうな顔をした。

士官は立場上、一般兵のように、内緒で軍の物を持ち出すわけにはいかないのだ。（主計長に頼んで、一俵くらい、チョロまかしたら……）と、心では思っても、士官のプライドが邪魔して、現実にはできそうもなかった。

早朝出発、夜中も交替で運転し、東京を経由し、名古屋方面に向かう。熱海から南に進路を変え、伊豆・下賀茂温泉をめざした。翌、昼近く実家に着く。

ここはもともと祖父母の家で、祖父が亡くなった後、祖母が一人で住んでいた。戦争末期、母は東京から空襲を避けてここに疎開し、今は祖母と二人でわずかな田畑を守って暮らしている。

軍のトラックが家の前に止まったのを見て、何事かと母が飛び出してきたが、私の姿を見て、少々驚いた様子であった。とにかく、家に上がって休むことにする。

母は一緒に来た兵隊にペコペコ頭を下げ、

「息子が大変お世話になって……」

などと、クドクド挨拶していた。

遠路の客をもてなすつもりか、やがて母が奥から運んできたのは、「フスマ」で作った団子である。「フスマ」は今の人は知るまいと思うが、小麦を挽いた後の皮の屑だ。元来が馬の飼料だ。人間様の食べる代物ではない。

戦時中、馬も徴発されて数少なくなり、その分、飼料が余って人間用にまわされることになったと見える。言い換えれば、馬からエサを分けてもらっているようなものだ。

母にすれば、配給されたものを団子にしただけで、ごく当たり前のことだったろうが、さすがに私は兵たちの手前、格好の悪い気分である。

民間では、こうも食糧事情が悪化していたのか、と憮然たる思いであった。

兵たちも、私の気持ちを察したらしく、

「軍医長、自分たちは米を持って来ましたから、これでメシを炊いてください……」

と車の荷台から一升ほどの米を出してくれた。配給生活では混ぜ物のない飯を炊くことなどなかったに違いない。久しぶりの真っ白なゴハンに、母は相好を崩して喜んでいた。

(俺も、米の一俵くらい何とかして持ってくればよかった……)

米を提供してくれた下士官に、礼を言いながら、シミジミ思った。

兵を帰し、家に泊まったのは一晩だけである。休暇はまだ三日あったが、長居すればするほど、家族の食生活を圧迫することになる。

翌日、母の手を振り切るようにして、帰途についた。

帰りは、思っていたほど楽ではなかった。交通事情は日本国中、どこも悪かったが、片田舎の下賀茂はまた特別だ。バスは一日二回、午前と午後の各一回だけであった。

家を出るのが遅れ、下賀茂から下田行きの便はもう出てしまっている。やむなく、歩くことにした。下田まで、途中峠を二つ越え、約一六キロの道程である。

昼頃、やっと目的地に着く。下田から伊東まで、午前二回、午後二回バスが出ていると聞いていたが、ここでも当てが外れた。午後の初便が今出たばかりだ、という。

次のバスは四時と聞き、途方にくれた。当時のバスは木炭を焚いて走るので時間がかかる。四時の便では、伊東駅に着くのは午後七時頃になってしまう。一泊するほかないが、はたして宿がとれるか自信がない。

母が作ってくれた握り飯をかじりながら、見るともなく筋向かいの郵便局を眺めていると、一台の郵便車が止まるのが見えた。幌付きの小型トラックである。塗料はほとんど剝げていたが、赤い色はところどころに残っていて、それとわかった。

（あれに乗せてもらえれば、早く行けそうだ……）

交渉して、駄目でもともとだ。中年の運転手に近づき、便乗の可否を打診してみる。

彼は聞くなり、手を大きく左右に振った。

「とんでもない。郵便車には関係者以外の人は絶対乗せてはならない規則になっている。四時にはバスが出るはずだから、それにしたらいい……」

とニベもない。こんな時は、チョッピリはったりをかますのが効果的だ。嘘をつくのも軍略のうちである。

「どうしても今日中に東京のGHQ司令部へ出頭しなければならない。占領軍の命令で書類を届けることになっている。早く行かないと、いろいろ関係者に迷惑をかけることになる。是非乗せてもらいたい……」

占領軍と聞いて、運転手も困った顔になった。うまく行くかもしれん……、もう一押し、

「GHQのチャーリー少佐に今から電話してみるが、よろしいか……？」

と、追い打ちをかける。

「参ったな……」彼は考える顔になった。その時奥から五十くらいの年配の人物が出て来た。

「海軍さんも困っているらしい。何とかしてやれんかい。何なら、私から局長に話してみてもいいが……」

助け船を出してくれたのは、どうやらこの町の有力者らしい。

「そうおっしゃっても……郵便車に無関係の人を乗せたのがわかると、まずいことになりますよ。局長さんも同じことを言うと思いますが……」運転手も頑張る。

「そうだ。いい方法がある!」不意にそのエライ人が手を鳴らした。

名案が浮かんだと見える。いったん奥に引き返すと、紺色の作業帽を持ち出してきた。

「配達人ならかまわんじゃろう。この帽子を被れば、一応ごまかしが利く……、荷物の間に隠れて行きんさい。何かきかれたら、頭だけ出すようにして……」

その帽子を手渡してくれた。運転手は仏頂面だ。渋々うなずく。

「社長さんにはかなわないな……郵便車はたびたび積み降ろしするから、その時は手伝ってもらいますからね……しっかり頼みますよ!」

あとのほうは、私に向けて言ったのである。

窮すれば通ず、かくて私は非合法ながら、無事郵便車に乗ることができた。駄目と思っても、やってみるものだ。

後で、そのエライ人は郵便局長の義兄で、大正自動車株式会社の社長とわかった。

郵便車は、時どき止まっては、荷物を上げ下ろしする。小さい物が多く、偽配達人の私が手伝うことはなかった。

やがて中継地点・稲取駅に着く。ここで荷物の大部分が下ろされ、荷台は空いてきたが、思いがけず、この時ドカドカと数人の男たちが乗り込んで来たのである。

いずれも運転手とは顔馴染みらしく、

「よう、景気はどうだい……?」

「まあまあさ……」

などと言葉を交わし合っている。幌の中はすぐ人で一杯になった。

（絶対、関係者以外の人は乗せられない、などタンカを切りやがって！）

私は腹の中で罵《ののし》った。

結局、伊東に着いたのは六時過ぎである。あちこち寄り道して行ったので、思っていたほど、早くは着かなかったのだ。

途中から乗り込んだ男たちも、ここで下車したが、運転手が彼らからそれぞれ料金を徴収しているのを見て、また腹が立った。

（私を乗せるのを嫌ったのも、不正行為を知られたくなかったからに違いない）

と思ったが、こっちだって後ろ暗いところがある。文句の言えた立場ではない。

業腹だったが金を払い、車から降りると、町にはもう夕闇が迫っていた。

案じていたとおり、やはり旅館はとれない。この町も空襲を受けており、近隣（主に沼津、静岡）の被爆地から流れてきた罹災者で、どこも皆満員であった。

やむなく、駅の交番に駆け込み、またまたウソの占領軍命令を並べ立て、旅館を捜してくれるよう頼みこむ。下手をすれば駅の構内に野宿することになると思うから真剣だ。

切羽詰まった顔の私を見て、人の良さそうな若い警官は、数個所の旅館へ交渉してくれたが、やはり駄目だ。彼はしばらく考えていたが

「以前なら、かなり融通が利いたんですが、当節は警察も弱くなりましてね……。私の所でよかったら泊まって行ってください。狭い所ですが、夜露ぐらいは凌げますよ……」

と親切に言ってくれた。少々厚かましいと思ったが、ほかに行く当てはない。お世話になることにする。とにかく、人情深いお巡りに会えて助かった。

案内された家は、結婚して間もないと見え、部屋の調度品も少なく、子供さんもまだいないようだ。

用意の、靴下に入れた米を差し出すと、遠慮しながらも喜んで受け取ってくれた。その夜は奥さんから心づくしのミカンをいただき、眠りに就く。遠く、海鳴りの音がした。

翌朝、起きてみると、旦那の姿は見えず、奥さんだけが朝食の相手である。

一夜の礼を述べ、

「ご主人は……？」ときくと、彼女は複雑な笑みを浮かべた。

「今日は一斉取り締まりがない日なので、うちの人は休みをもらって、朝早く買い出しに行きましたの……」

ここで、ちょっと声をひそめた。

「これは内緒ですけど、取り締まりの係になると、押収した物の一部をもらえる役得がありますのよ。主人はまだ新前で、係りに当たらないのですけど、当番に当たった人から、時どきお裾分けしてもらいますの。昨夜のミカンはそれですわよ……」

細君は小さく笑った。

巡査でさえこれだ。この節、配給だけではほとんどの人が食っていけなかったのである。日本全国、闇流通のお世話にならない人はいなかったのではあるまいか。

鶏首を斬る

公民館は仮の本部である。部隊は近いうちに、日光の南、夕日岳（一五二六メートル）山麓に移動する予定であった。

しかるに、敗戦によって計画はすべて中止になり、上部機関からの命令は途絶えてしまった。難破した船が、当てもなく洋上を漂うように、心細く、不安な毎日が過ぎてゆく。

そうしたある日、勝沼主計長が、生きたニワトリを一羽ぶら下げてやってきた。

「付近の農家から、差し入れがあった。今晩これで一杯やろうや……」

と、相変わらず屈託がない。肝心なのは、誰が鶏の首をひねるか、であった。

もとより、進んで引き受ける者はいない。いろいろと勝手な理屈をこねて尻込みする。そのうち、いっそ斬首のほうが後味がよい、ということに意見が一致した。

そうと決まっても、志願者が名乗り出るはずはない。要するに、食うのは大賛成だが、たとえ相手が鳥でも、恨まれたくないのだ。話を聞いていたらしく、奥から隊長が顔を見せた。

何げなく、私と目が合う。悪い予感がした。こういう時の予感は不思議によく当たる。

「刃物を扱うのは、軍医長が一番手慣れているんじゃないかな……？　空母では、結構日本刀が役に立った、というじゃないか……」

隊長はニタリと笑った。

普段、「空母」乗り組みを揚言している手前、それを言われると弱い。ヤレヤレと思ったが、断わるのもいまいましい。結局引き受けることになった。

空母「隼鷹」では、軍刀を使って一反木綿から三裂五裂の包帯を作り、血に塗れた軍衣の袖を断ち割ったが、はたしてニワトリの首も同じようにゆくものか、試みるのも一興だ。

（隊長も人が悪い。そのかわり今晩の肉は三人前は食ってやるぞ……）心に誓う。

哀れなニワトリは、裏庭に引き出された。運命を予感してか、盛んに暴れる。縛ることにした。

志村副長が頭部を、田中班長が両足を、それぞれ細引で引っ張り、動けぬように固定する。

私は中央に立ち、昭和刀を大上段に振りかぶった。

「しっかりつかまえてくれよ。隊長はああ言ったけど、俺が刀を使ったのは、繃帯作りの時だけだ、手元が狂っても知らんからな……」

一気に振り下ろす。

刀の切れがよかったか、はたまた、偶然が味方したか、意外にも一発で鶏の首は両断された。

弾みで、頭を引っ張っていた副長は、後方にひっくり返り、同時に足を受け持っていた班長が、「ワッ」と言って手を放した。

途端に、ニワトリの足を縛っていた紐が解けて、異変が起こった。

頭を失った胴体が、残りの頸を逆U字型に垂れたまま、首斬人の方へ突撃して来たではないか！　それも羽ばたきながら……。

頭がなくても（脳死）、胴体は短時間ながら、確かに生きて歩いたのだ。小生が眼を剝いて一目散に逃げ出したのは言うまでもない。

以来、脳死の判定については、私にとって、いまだに手に負えない難題だ。もちろん、その晩のニワトリ料理は、三人前どころか、半人前も喉を通らなかったのである。

トラ輸送

昭和二十年九月十五日

故郷・伊豆から戻って間もなく、海軍省より予備役編入の辞令を受領した。早く言えば、「クビ」になったのである。もう給料はもらえない。

残務整理は、ほとんど終わっていたが、気持ちの整理が進まず、空しく数日が過ぎた。どういう風の吹きまわしか、ある日、山並テンユウ兵長が、ヒョッコリ姿を現わした。何となく印象が違う。見ると彼の頭には、軍帽の代わりに国鉄の帽子が乗っかっている。

「トラ輸送をやってみんですか？」彼はイタズラそうな笑みを浮かべた。

「何だ、そりゃ……？」ときくと、得たり、と喋り出した。

「鉄道では、貨車に皆略号を付けています。たとえば有蓋車は〈ワ〉、無蓋車は〈ト〉、冷蔵車は〈レ〉、家畜車は〈カ〉、タンク車は〈タ〉、土運車は〈リ〉、車掌車は〈ヨ〉というふうに」

立板に水を流すようにまくし立てる。

「ちなみに、一四～一六トン積なら〈ム〉、一七～一九トン積なら〈ラ〉、二〇～二四トン積なら〈サ〉、二五トン積以上は〈キ〉です。つまり無蓋一八トン積貨車は〈トラ〉となります」

鉄道のことになると「テンユウ」はにわかに能弁になった。私はアッケにとられた。

「トラ貨車」は戦後最も活躍した車両だ。有蓋車が不足していたこともあったが、何よりも小型無蓋車は、荷物の積み下ろしが容易で、小回りが利いたからである。

その荷上げの人手が不足している、と言う。

「スバラシイ！　尊敬しちゃうな、馬鹿に詳しいがどこで覚えた？」ときくと、いやな顔をした。

「それはないでしょう……」彼は膨れっ面だ。

「これでも、軍に入る前は鉄道員の端くれです。知ってて当たり前でしょうが……嫌だな、もう……」

（なるほど、モチは餅屋だ）私は合点した。

彼の兵籍名簿に「鉄道員」とあったのを今になって思い出したのだ、人足の仕事を捜してきたのも、彼に違いない。続いて肝心の賃金を聞き、ケタ違いに安いのに耳を疑った。

日当三円だという。当時、人足の手当ては、一日七円五〇銭が相場であった。二束三文という言葉があるが、人足三円ではシャレにもならない。

闇値で卵一個二円五〇銭、白米一升四〇円もする時、一汗を流して、卵二個分にもならんのでは、馬鹿らしいではないか！　彼の顔が一瞬キナ臭く見えた。

（ひょっとして、上前をはねた値段では……？）

中っ腹で、ただちに断わる。しかし、意外にも隊長はじめ皆賛成であった。

（何もせずに、干乾しになるよりましだ）

というのである。言われてみればそのとおりだ。ほかに仕事がない以上、選択の余地はない。イマイマしいが渋々同意した。

そうと決まれば、早いとこ、ここより賑やかな土地に移ったほうがよい理屈だ。移転先は隊長に一任し、早速撤退の準備にかかる。

ようやく秋の気配の近づく九月の終わりであった。

御召し列車

人足にかぎらず、仕事は賑やかな所のほうが多いはずだ。残った者のうち、比較的信用できる連中を集め、移転の準備にかかる。

その矢先、意外な情報が入った。近く、占領軍総司令官マッカーサーが日光に来る、その途中で今市に寄る予定だという。日光は観光のためだろうが、今市では軍物資の接収もあるに違いない。鳩首して善後策を講じた。

この際、相手に無用の刺激を与えぬよう、全員姿を隠すのが最善という結論に行き着く。資機材は一括して勝村家に預け、目録を今市市長に渡した。

兵たちは一時付近の農家などに身をひそめさせ、われわれ士官は適宜姿を変え、敵の様子を監視することにする。

私は今市駅長に訳を話し、鉄道員の帽子を借用した。帽子だけでは心もとない。襟章を外し、首に汚い手拭いを巻くのである。貨物車のそばで転轍手の振りをすることにした。

こうして時を待つ。今市にいた記念に、マッカーサーの乗って来る汽車を、あわよくば、彼の顔も見てやろうというわけだ。

我ながら物好きと思ったが、野次馬はもう一人いた。元香具師・望月兵長である。

やがて敵が来た。到着ホームの反対側にいたので、よくはわからなかったが、敵の数は思いのほか少なく、警備も緩い。見咎められる恐れはないようだ。

後で知ったが、マッカーサー元帥は軍のものを接収するために来たのではなかった。彼は日光東照宮の見物が目的で、今市には、昼食をしに途中下車しただけらしい。

列車は三両編成で、先頭が機関車、次がお付き用、最後尾が天皇陛下の「お召し車両」であった。マッカーサーはこれに乗ってきたのだ。生意気に……。

車側に描かれた菊のご紋章は、さすがにうす汚れている。

いち早く駆け寄った望月親方が、小声で私を呼んだ。

「先生、これが陛下の乗られた車両ですよ、中を見ますか……?」

終戦と同時に、彼は私を軍医長から先生に昇格（格下げ?）させたと見える。代わって、彼は兵長から親方に出世した。しかし彼は「ヨコネ」では私に借りがある。依然として家来だ。

「御召し列車」なぞ、われわれ平民は滅多にお目にかかれる代物ではない。せっかくの機会だから、早速中を拝見することにした。

米兵の姿の見えないのを確かめ、望月の肩を借り、背伸びして、窓越しに内部をそっと覗き込む。

中は想像していたほど豪華なものではなかった。室内はゆったりした感じだが、錦地で作られた薄汚れた肘掛椅子が壁の両側に五組備えられ、中央に長方形の重量感のある紫檀のテーブルが、一つ縦に置かれてあった。

(皇室は、思っていたより質素な生活をしておられた……)というのが私の印象である。進駐軍の連中は、陛下の「御召し列車」も、少し気の利いた展望車ぐらいにしか思ってなかったらしく、床の絨毯には煙草の吸い殻が散乱し、一部に焼け焦げを作っていた。

日本の聖域を土足で踏みにじられた気がして、無性に腹が立ったが、戦争に負けた以上文句を言っても始まらない。

マッカーサー元帥の立ち寄りをきっかけに、われわれは残った品物を今市市に引き渡し、移転することになった。行先は隊長がすでに調整済みだ。

かくて、六〇名の残留兵とともに、かろうじて残されたオンボロトラック四台に分乗して、一路、宇都宮の南五キロの雀宮《すずめのみや》に向かった。

ここに栃木県の物産集積駅があったのである。

人足稼業

雀宮は、戦時中、航空機部品の製造が盛んであった。戦後は、その工場の工員用宿舎は無人になり、運輸省の所管になっている。

われわれは、その中の平屋一棟を、管理を兼ねて借用することになった。入って見ると、建物はかなり老朽化していて、天井は雨が降るたびに漏ると見え、あちこちにシミができている。床は波を打っていて、歩くとギシギシ軋むのだ。人間にたとえれば、八十を過ぎた老人である。いつ倒れても不思議はない。

人足の初仕事は、醤油樽の積み込みであった。作業用に貸与されたドンゴロスの前掛けを腰に巻き、寒さ凌ぎに手拭いで頰かむりした時は、さすがに溜め息が出た。

いかに戦争に負けたからとはいえ、仮にも医者の端くれだ。それが、こともあろうに、「荷上げ人足」とは、あまりに情けないではないか！

もっとも、テンユウ兵長は、私の愚痴を聞くと、口を尖らせて、

「人足ではありません。鉄道の臨時職員です！」

と力説したが、何と言おうと、実体は人足土方に変わりはない。

早朝、トラックの荷台に一〇人くらいずつ乗り込み、駅の荷物置場に直行する。山積してある醤油樽を、五〇メートル先の「トラ貨車」に移し替えるのだ。

はじめはたいしたことはない、とたかをくくっていたが、さて、やってみると容易でない。一斗入りの樽を担いで目的の場所まで運ぶのは、思いのほか重労働なのだ。

なにしろ、ともに働く連中はかつての部下である。ここで音《ね》を上げては、海軍士官の沽券《こけん》にかかわる、痩せ我慢してでも頑張るしかない。はじめは、午前と午後で一〇往復するだけで、クタクタになった。

疲れきって、今や飯場と呼ぶにふさわしい、ボロッちい陋屋に引き揚げると、夕食もソコソコに寝床に直行し、バタン、キューと倒れ込む日が続いた。

よくしたもので、最初は五往復もするとアゴを出したが、一週間後には二〇往復してもバ

テなくなった。

「軍医長もなかなかやるじゃないか、この頃は腰が決まってきた。もう一丁前の人足だ」

誰かがカラカイ半分で褒めた(?)が、無論嬉しくも何ともない。

(仮にも元上官に対して何て言い草だ……何が一丁前だ)

大きなお世話だ、と思ったが、怒る気にもならない。今まで何とかやってこれたのも、多分、軍医、見習尉官時代、青島《チンタオ》基地で、毎日のように一万メートルを走り込んだ実績が、役に立ったということであろう。

〈貧すれば鈍する〉と言う。人足が板につくと、眼つき面《つら》つきまで陰険になり、それらしく荒《すさ》んだものになってきた。

金がないのは、首がないのと同じで、どこへも行けず、さりとてヨタ話にもやがて飽きてくる。夕食が終わると、何となく寄り合って、花札や麻雀に耽るようになった。

賭けるものは煙草やマッチである。マッチといえども、一日三本の配給だから貴重品だ。麻雀に熱中すると、しばしば徹夜になった。当然、翌日は仕事にならず、ゴロ寝である。投げ遣りで、無気力な人間には麻雀は恰好の暇つぶしであった。

(亡国の遊戯とは、よく言ったものだ)

お互いに自嘲しながら、麻雀にのめりこんだ。

ドンゴロスの前掛けが身体に馴染み、日当三円が、インフレで一〇円に上がった頃、昭和二十年はようやく終わろうとしていた。

インフレとはいえ、日雇労務者の日当が二四〇円(ニコヨン)になるには、なお四年の歳月を要したのである。

後方業務

われわれの宿舎は、一〇棟の工員寮の一番北側にあった。炊事場はその西側にある。うまい具合に、そこには鍋、かま、食器などが赤錆びたまま残されていた。

一緒に来た六〇人の隊員を六個班に分け、うち五個班を労務に、一個班を後方兵站に当て、炊事、風呂その他の雑用を任せることにする。

軍隊では、炊事、会計、入浴などの兵站業務は、主計科や管理科の仕事であったが、戦後、もっぱら寄せ集めで構成されたわれわれ残留隊員は、皆この手の仕事には素人であった。

飯盒で飯を炊くことはできても、大釜を使っての煮炊きとなると簡単ではない。六〇人分の食事を一度に調理するには、それなりの技術と経験を要するのだ。

はじめは、各班交替で後方業務を受け持つ計画だったが、間もなく、この部門は専業化したほうが便利なことがわかってきた。

大勢いれば、その中には炊事向きの人間が一人や二人いるものだ。その一人がテンユウ兵長である。

彼は小男で体力が劣り、力仕事は無理だったが、その代わり、炊事が得手であった。やがて、彼は後方班長に選任された。

炊事には燃料が不可欠だ。われわれには薪炭の持ち合わせがなく、差し当たり、どこからか入手する必要があった。とはいっても、先立つものがなくてはどうしようもない。炊事場から少し離れた所に、物置小屋があった。都合よく、この付近には誰も住んでいない。必然的に、皆の眼がこれに向いた。考えることは誰も同じと見える。毎晩交替で、夜陰に乗じて少しずつ羽目板や柱を引っ剝がしてくるのである。早くいえば空き巣狙いだ。一回に運ぶ量は少なくても、度重なると大量になる。

三ヵ月後、われわれが解散する頃は、小屋は跡形もなく消えていた。そこに建物があった証拠もなくなった。

次の問題は風呂である。工員宿舎には、一度に二〇人くらい入れる大浴場があったが、水漏れがひどく、使いものにならない。

これは倉庫に転用することにして、代わりをどうするか、であった。われわれ外で働く人間にとって、風呂は日常的に必要だ。

結局考えたのは、簡単に作れる「ドラム缶風呂」である。つまり、一種の五右衛門風呂だ。これは下から直接火を焚くので、底が熱く、素足では入れない。ドラム缶風呂に簀子《すのこ》を浮かべ、入る時はこれを足で踏んで浸《つ》かるのだ。一度に一人しか入れず、湯量も少ないから、五人も入ればすぐに汚れてしまう。ドラム缶は二つだったから、六〇人全員が風呂に入るのには、六日かかる勘定だ。

もちろん、ドラム缶の数を増やし、水の入れ替えを頻繁に行なえば、毎日でも皆入浴できる計算だが、そのたびに水を運び、火を焚く後方班の苦労を思えば、無理は言えない。

風呂は、いうまでもなく、吹きっ晒しの露天にあった。私と隊長は、一応一番風呂に入れたが、寒い日や仕事に疲れた時は中止するので、週一回の入浴がせいぜいである。状況は他の者も同様であった。

人足の仕事に汚れはつきものだ。そのくせ、疲れもあって無精が身につき、下着類の洗濯も疎かになった。当然汗や垢で身体が臭くなる。

みんなが臭けりゃ臭くない理屈で、しまいには気にもならなくなった。いうならば集団安全保障という奴だ。

かくて、われわれは心身ともに、日に日に人足そのものになっていったのである。

殺人列車

乞食は三日すればやめられぬ、と言うが、日雇稼業も慣れてくれば、気楽なものだ。第一頭が要らない。すっかり人足が板について、太平楽を決め込んでいる私を見て、むしろ樫浦隊長が心配しだした。

ある日、鶴嘴《つるはし》を手に、土木作業に励んでいると、道端へ誘い込まれた。

「一度、仙台の母校を訪ねてみたらどうかね。そろそろ先のことを考えんと……。医者が人足に精出しても、褒めたもんではないぞ……」

言われてフッと思い出したのは、私が内科教室に入局した頃、中沢教授の秘書をしていたメッチェン（乙女）のことである。彼女は、時どき医局に来ては、その頃すでに入手困難になっていたコーヒー、ケーキなどをサービスしてくれたものだ。

いつも朗らかで、野菊のように可憐な彼女は、われわれ新前医局員のマスコットであった。

（確かユミちゃんとかいったが、まだいるだろうか……？）

急に会いたくなった。元鉄道員「テンユウ」の手蔓で、仙台行きの切符を手に入れ、宇都宮駅から出発したのは、その翌日である。

薄汚れた兵隊服（第三種軍装—海軍陸戦服）で教室に行くのは、少々気が引けたが、これが一張羅とあっては致し方ない。

当時、列車の混みようは殺人的であった。昇降口とは名だけで、無理に乗ろうとすると、弾き飛ばされてしまう。結局入れたのは、ガラスが破られ、出入り自在になった窓からであった。もちろん座席にはありつけない。

なりふりかまわず、遮二無二潜り込み、気がつくと、網棚の上に転がっていた。

車内は、軍服姿の復員兵や、買い出しらしいリュックサックを背負った男女、その他職業不明の得体の知れぬ連中で超満員だ。

どの顔も、どの姿も貧相であった。何時間も前から延々と行列を作り、やっと列車に乗れたと見え、彼らは皆、一様に疲れ切った顔をしていた。

網棚は思ったより上席であった。通路にいると、否応なく人の波に押しまくられ、手足の自由を失う。中には人の壁に押し上げられ、足が床に届かず、空中に浮かんでいる者さえいた。

突然、車内の一角で怒号が上がった。復員兵らしい男が、窓から無理矢理なかに入ろうとしている。さすがに手を出すものはいなかったが、車内は俄然、騒々しくなった。

「ここは一杯だ、あっちへ行け、シッシッ」

「頼む、もうここしかないんじゃ！」

「無茶するな！」

「痛いってば……、ヒーッ殺される！」

「やめて、やめて……！」

罵声が飛び、悲鳴があがる。

大体、こういう必死の際は、男も女も眼の色が変わり、物凄い形相になる。相手がそうなら、こっちも険しい表情になり、同胞意識などどこかに消し飛んで旧敵のごとくなるものだ。こうなると、もはや男女の差も老若の違いもない。

もちろん、もと軍人とて例外ではなかった。それどころか「狡兎死して走狗烹らる」の諺どおり、かつては護国の英雄でも、今は無用になったただの負け犬でしかない。

ついこの間までは、一億一心だとか、万世一系の天皇の下に撃って一丸になり、とか、もっぱら敵は米英であったが、その名目が失われてしまえば、敵に対する敢闘精神は、昨日までの味方に振り向けられるのも、またやむを得ないことかもしれぬ。

戦後しばらくは、人の心は荒れ果て、日本全土が悽愴な修羅場であった。なまじ、マナーがよくては生きられなかったのである。

車外事情

その頃、列車は遅れるのが普通であった。進駐軍用の特別列車を優先運行させるため、一般列車は、途中でしばしば停車させられたからだ。その上、今と違って、蒸気機関車は時どき水や石炭を補給するので、停車時間が長い。仙台まで一〇時間以上かかると思わなければならない。当時としても長旅であった。

宇都宮を出発して間もなく、私は不測の事態に直面することになった。生理現象である。車内の便所は、乗客が詰め込んでいて、はじめから使用不能だ。もちろん暖房はない。窓から吹き込む寒風に晒されながら、尿意をこらえるのは、地獄の責め苦であった。

運転停止時を利用して、窓から放尿する者がいたが、さすがに真似る勇気はない。かといって、この居心地のよい網棚から移動したら、二度と同じ場所に戻れぬこともわかっていた。あれこれ思案するうち、いよいよノッピキならぬ状況になった。

列車は、ちょうど福島駅に着いたところだ。意を決して網棚を降りる。停車時間が二〇分あったので、悠々排泄作用を終えた。

この時ほど、心底解放感を味わったことはない。もといた場所を覗いてみた。案の定、網棚は別の人間に占拠されている。

先ほどは、小用のため外へ出たい、と言うと、恵比須顔で路を空けてくれたのに、今度は、「ここは満員だから、前の車に行ってくれ、空いてるらしいぞ……」と薄情なものだ。仕方なく、機関車の方へ、一つ一つ窓を確かめて行ったが、込み方はますますひどくなるばかりである。

考えてみれば、ぎゅうぎゅう詰めになっていて、他所の車両状態がわかるはずがない。真面目に信用するほうがどうかしている。

諦めて、一列車見送ろうと思った時、機関車の前方から声がかかった。

「早く来い。もうすぐ汽車が出るぞ……」若い声である。

トレードマークの白いマフラーに、海軍略帽、飛行靴の特攻崩れと見える男が、私を招いていた。同じ兵隊同士ということで、親密感を抱いたらしい。彼は剣持と名乗った。

そこは機関車の前部、自動連結器のところで、自動車ならバンパーに当たる位置である。彼は頭から毛布を被り、寒さを凌いでいた。

戦争生き残りのオンボロ機関車は、秋の夜空に、石炭の火の粉を、派手に撒き散らしながら、音だけは景気よく、線路を走って行く。

列車が速度を増すにつれ、車内とは違う、一段と厳しい寒さが襲ってきた。そのうち、チラホラと雪が降ってきた。間を置かず、それは激しさを増し、飛礫《つぶて》のように全身を叩く。

震えが足元から這いあがってきた。

やがて、男も観念したとみえ、とうとう弱音を吐いた。

「もうあかん、身体が凍えてしまう。次の駅で降りるわ……」

さすがの特攻崩れも、声がわなないている。私も同じ思いだ。寒さでかじかんだ身体をプラットホームに移した時、私は眼の前に理想的な場所を発見した。

それは、機関車のすぐ後部に連結された石炭車であった。二人で、機関手に見つからぬように、そっとよじ登り、炭屑の中に潜り込む。

汽車がトンネルに入るたびに、煙突から生暖かい煙が襲い、目に滲みたが、これで少しは寒さを凌げそうだ。

　終点の仙台まで、あと数時間である。剣持という特攻男が貸してくれた毛布を、身体に巻き付け、機関車の音を子守歌替わりに、束の間の眠りにつく。

　日増しに秋の深まる十月の暮れであった。

仙台砂漠

　目的の終着駅に着いたのは、夜の明けかかった六時頃であった。石炭車の中から、煤煙でススけた首を突き出してあたりを見る。

　爆弾で半分屋根を失った建物が仙台駅であった。ホームの外れにある、壊れた洗面所に行くと、蛇口が故障しているらしく、水が出しっ放しになっている。

　炭塵や煤煙の汚れを払い落とし、顔を洗うと、やっと人心地がついた。一緒にきた剣持とかいう特攻崩れとは、駅前で別れる。長町《ながまち》に親戚がある、と言っていたが、年が同じくらいのせいか、何となくウマが合った。またどこかで会えそうな気がする。

　駅前の広場に立つと、名物の空っ風が古新聞を巻き上げ、灰色の埃を巻き散らしていた。視界は見渡すかぎり瓦礫の荒野である。索漠とした風景がそこに展開していた。

　焼け焦げた電柱、木片、赤錆びた鉄骨などが、枯れ野のススキのように群立し、剝き出しの電線が絡まり合っている。その間を、木枯しが鋭い悲鳴を上げて吹き抜けて行く。

　早朝のためか人影なく、かつての杜《もり》の都は、見るも無残な蕭殺《しょうさつ》の地と化していた。

（田園まさに荒れ果てたり……）
寂寥《せきりょう》感がヒシヒシと胸に迫り、私はしばし凝然と佇む。その方角に母校・東北帝大医学部があるはずだ。戦前、仙台市の中心部は、環状の電車道に取り巻かれ、主な公共施設や商店、映画館、飲食店などがひしめいていた。

はるか東北に、北山が灰色に霞《かす》んで見えた。

戦争の終期、低空で侵入した米機は、まず、環状軌道に沿ってガソリンを散布し、続いて、その内側に焼夷弾の絨毯《じゅうたん》爆撃を行なった。無差別の皆殺し（ジェノサイド）作戦である。人びとは逃げ場をふさがれ、怨嗟《えんさ》と混迷の坩堝《るつぼ》の中で、多くの命が失われた。戦後の記録によれば、被害は、建物全焼二九三三棟、死者九一一名にのぼっている。

幸い、医学部の施設は中央講堂の一部を除いて健在であった。

「中沢内科教室」の看板を懐かしく見上げながら、中に入る。医局は物静かで、在籍者を示す名札板が、ドアの横にひっそりとかかっていた。

黒地に白く書かれた氏名が在局員で、赤字が不在者だ。私の名も、赤く示されていた。医局の前の廊下を隔てて、南側に教授室がある。

一呼吸して、扉を恐る恐るノックした。軽い咳払いの後、応答があり、私はそっと把手を引く。窓際の机に向かっていた人影が、ゆっくりこちらを向いた。

私が口を開く前に大きな声がかかった。久し振りに聞く、温かな声だ。

「やあ、加畑君じゃないか、いつ帰って来たんだね……?」

胸がジーンとした。

二年前、それも、わずか二ヵ月しか在局していなかったのに、先生は私の顔と名前を覚えていてくれたのである。嬉しかった。

後で、古くからいる掃除の小母さんから聞いた話では、医局員の半数以上が、まだ帰還していないという。今の人員では、外来と入院患者の診療だけで手一杯で、研究どころではないそうだ。

この荒廃した土地では、職場どころか、住むことも、食うことすらも覚束ない。砂漠と化した、この不毛の地が、往時の緑を取り戻し、名実ともに「杜の都」に復帰するには、気の遠くなるほどの年月がかかるに違いない。

もう当分、ここに来ることはあるまい、と思った。事実、私が大学の研究室に入り、学位を取得したのは、それから一七年後である。

＊

私が医局に入ったのは、昭和十八年八月の末である。十月には、もう海軍に採られていた。つまり、医局員としての経験は二ヵ月にも足りない。

この短期間で、いかほどの知識が吸収できたか、疑問である。しかし、少なくとも、中沢先生の人格に触れ得たことは、何よりも貴重な収穫であったと思っている。

ある日、同僚と研究室で仕事しているところへ、先生がフラリと現われた。淡黄色の液体の入ったガラス容器を手にしている。明らかに尿であった。

「君たちはハルン（尿）は汚いと思っているかね……？」

ときく。もちろん、私たちはいっせいに顔を横に振った。

「このビーカーには、ハルンが入っている。患者さんのものだ。これに試薬を入れたり、物理的手技を加えれば、病名はわかるだろうが、時間がかかる。僕はこれを舐めただけで当てることができる。君たちもやって見給え……」

先生は矢庭に、右手の指をその淡黄色の液体に浸すと、ペロリと舐めて見せた。先生がやるからには、私たちもしないわけにはいかない。もちろん、尿の味を見るなど、初めての経験だ。

一同、こわごわと指を浸す。舐めると同時に声を揃えた。

「トーニョウビョウ！」

先生は大きく頷《うなず》くと、実験机の上の器械類を見まわしながら言葉を続ける。

「わかったかね……私の若い頃はこうして診断したこともあった。場合によっては大まかな血糖値まで推定できる。検査や器械に頼らず、身をもって病気に対決する精神が大切だよ」

私たちが神妙な面持ちで、拝聴したことはもちろんである。後で同僚の一人が言う。

「さすがに先生だな……いいことを言う。俺、明日からウンチだって舐めちゃうぞ……」

この話を先輩の萩原助手（後、教授）に漏らすと、彼は腹を抱えて笑った。

「君たちは一杯喰ったのだよ。先生が浸したのは中指で、舐めたのは人差指だったのさ。中沢教授が新入の医局員に対し、必ず一度やって見せる、自慢のセレモニーなのだ。回を重ねるごとに巧妙になって、今では慣れてる私どもでも、見破れない神技に達しているな……もっとも、あの尿の中には、近頃ではなかなか手に入らない、スプーン一杯の貴重な砂糖が入っているはずだよ。君たちが少しでも舐めやすいようにね……」

今でも、折に触れて脳裏に浮かぶ、懐かしい思い出の一齣《こま》である。

あの頃（昭和十八年）、医局員は、六〇名を越えていたが、今（昭和二十年十月）は一〇名そこそこだ。しかも、そのうち半数は、食糧の調達に出かけていて、いつも不在だという。

宇都宮を発つ時から、ひそかに当てにしていたユミちゃんは、塩釜の実家に帰っていて、留守と聞き、少なからず落胆した。

たまたま居合わせた、大石武一助教授（後、環境庁長官）が彼女の近況を語ってくれた。

「ユミちゃんの家は漁師でね、彼女が再々運んで来る海の幸で、われわれ教室員はかろうじて栄養失調を免れている、というわけさ……そういえば、彼女、地元の青年と出来て、近いうちに結婚するとか言っていたな……」

落胆は絶望に変わった。

「もしかして、お前さん、彼女に気があったのではないかな……？」

私の顔を覗き込むようにして、彼はニヤニヤした。

公、共、私立を問わず、主な建物のほとんどが崩壊してしまった仙台では、就職どころの話ではなかった。第一、住むところもないのである。

もっとも、このことは、駅前の廃墟を見た時から、とっくに諦めてはいたが……。

教室を辞し、二、三の知り合いを訪ね、学生時代の下宿に向かう頃、外には早くも黄昏の景色が広がろうとしていた。

＊

学生時代お世話になった下宿は、運よく無傷であった。用意してきた米を差し出し、一晩泊めてもらうことにする。二合五勺の米は、一夜の宿料として十分であった。

お返しに、幾許《いくばく》かの「焼きスルメ」を頂《いただ》き、翌朝早く仙台駅に向かう。何とか、上野行きの始発に間に合い、今度はうまく空席にありついた。

衣食の欠乏は、人びとの良心をもネジ曲げてしまうのか、車内は惨憺たる有様だ。窓ガラスは割れたままで、外気は吹き込み放題、シートはあちこちむしり取られ、中身がはみ出している。うっかり煙草の火でも落としたら、たちまち火事になりそうだ。

福島駅で、大部分の乗客が入れ替えになる。空席もボチボチできた。

寛《くつろ》いだ気分になり、横になろうとした時、不意に大きな声が耳に入った。

「ちょっと御免よ、その席に座らせてくれ。俺の知り合いがいるんだ……」

どこかで聞いた声だ。顔を上げると、一昨日石炭車に乗り合わせた、剣持とかいう特攻崩れの兄さんだ。あの時と違って今日はえらく元気がいい。

「空いてる席を捜していたら、君の姿が眼に入った」という。

彼は大きな買い出し袋を肩にしていた。何となく異臭を漂《ただよ》わせている。

席に落ち着き、その頃盛んに出まわっていた「敗戦パイプ」に煙草を詰めると火を点け、私にも手巻タバコを勧めながら
「また会ったな、合縁奇縁という奴かな……。ところで、ちょっと質問していいかい?」

厚ぼったい唇をパクパクさせてきく。鼻から二本の太い煙を吹き出した。

「俺は、見たとおりカツギ屋だが、おたく、商売は何だね……?」

この恰好では、医者とは言いにくい。またいいたくもない。

「似たようなものさ。宇都宮で運送の仕事をしている。まだ駆け出しだがね……」

と応えた。私だって多少は見栄がある。いくらか気が引けたが、〈楊枝削りも材木屋〉というから、運送業といっても、まんざら出鱈目ではない。

（いくら何でも、その日暮らしの〈荷役人足〉とは、言えんじゃないか……）

腹の中で思いながら、下宿のおばさんからもらってきた、スルメを分けた。

「そういえば、俺の商売だって小型の丸通と言えるな……」

彼は飲み込み顔で頷《うなず》く。薄々事情を察知したらしい。剣持は改めて予科練出と自己紹介した。「煙草の葉を買い出しに来た」と言う。

なるほど、気がつくと、さっきから、彼の身体から滲《にじ》み出る匂いは、ニコチンの香りだ。このあたりは、専売公社による、葉タバコの栽培、加工、取引が盛んと聞いている。

足元を見ると、長い間泥道を歩いて来たらしく、彼の半長靴は相当汚れていた。

「この商売もなかなか楽じゃない。煙草農家には、年中、専売局の役人が見まわりにきて、タバコの葉数をチャッカリ控えて行くので、ごまかしができないそうだ。結局、俺たちの手に入るのは、員数外にされた、一番外側の虫食い葉というわけよ……それでも、適当に細工して、上手に売れれば、結構いい儲けになるのさ……」

喋りながら、彼は座席の布を無雑作にベリッと引き破り、悠々と自分の靴を磨きだした。

当時、このくらい無神経でないと生きて行けなかったのである。場合によっては、首吊りの足を引っ張るくらいの心掛けが必要であった。

スルメを噛りながら、私もまたビロードの座席布を引っ剝がし、汚れた靴を拭くことにした。

（マナーが良くては生きられない。タフでなければ食って行く資格がない）

とつぶやきながら……。

戦後工夫あれこれ

鉄カブト鍋

戦後の物不足の中で、にわかに脚光を浴びてきたのが、今や無用になった鉄兜であった。直径約二四センチ、高さ約九センチ。東京都内に数個所できた改造業の一つ、大塚窪町工場の話では、「鉄帽から布や革を外し、孔をリベットで埋め、銅線の吊手を付けて、改造費は約八円」だった、という。現物は台東区立下町風俗資料館にある。

青空市場

焼け跡に戸板やミカン箱を並べて商品を売る。文字どおり青空を屋根とした市場で、闇市とも呼ばれた。復員兵の売り手が多く、横流しの軍需物資などが飛ぶように売れたのである。「光は新宿より」を謳い文句にした新宿マーケットがその第一号だ。

戦後、雨後の竹の子のごとく出現し、最盛期には全国で一万七〇〇〇もの市《いち》が立ったといわれる。

バラック式公衆電話ボックス

街頭の電話ボックスはほとんど焼失し、空襲前の一〇分の一、全国では六二三個に減っていた。

逓信院は応急処置として、卓上電話を備えた木造の電話ボックスを罹災地に設置した。現物は板張りにペンキ塗りのバラック風で、ガラス不足のため窓も小さく、内部は薄暗いものだったようだ。

敗戦パイプ

戦争に敗れて二ヵ月、関東一円の闇市に、真新しい金色のパイプが出まわった。人呼んで「敗戦パイプ」。機関銃や高射砲などの真鍮製薬莢を原料に、閉鎖していた工場が作り始めたらしい。戦後初の国産品といえる。

形や寸法は工場によってマチマチだったが、長さは約一〇センチ、これに三〜四分割した配給の紙巻き煙草や、刻み煙草を詰めて吸飲した。

モク拾い

戦後しばらくは、煙草は配給制（一日三〜五本）であった。人びとは煙草に飢え、街頭には、先端に針を付けた棒で煙草の吸殻を刺し、拾い集めている風景がよく見られた。これを「モク拾い」と称する。モクとは煙草の陰語で、その吸い殻をシケモクと呼んだ。まさに、煙草吸う人棄てる人、そのまたシケモク拾う人である。

煙草巻き器

モク拾いで入手した吸殻をほぐし、ヨモギやイタドリの葉などと混ぜて、この機械で成形した。

見たところ簡単な機械だが、実に見事に紙巻き煙草が出来上がるのだ。巻き紙には英和辞典のインディアン・ペーパーが最適であった。私たちも大いに利用したものだ。この頃、国民は皆、その日その日の暮らしに追われ、学問無用の時期でもあったのである。

解散の秋

十二月も終わりになると、この地域にも、ポツポツ引揚者や被災家族が移ってきた。一〇棟の工員宿舎は、近いうちに満員になる気配である。手持ちの食糧も乏しくなった。

われわれが、今市から運んできた物は、離隊兵たちが見向きもしなかった切干大根や大豆、乾燥野菜などが主で、他は少々の米麦、調味料があるに過ぎない。

今までは、物交で何とか凌いできたが、それも間もなく底をつく見込みだ。残留者も減っている。幹部は樫浦大尉と私だけになった。他は望月兵長、テンユウ兵長、辰野運転兵らの一四、五名だ。いつまでもここに居座るわけにいかない。

辰野の「ハーレー七五〇」も、いつの間にか見えなくなっていた。知らぬ間に、われわれの腹の中に収まっていたと見える。そろそろ撤収の潮時が来たようだ。

昭和二十一年一月初め

いよいよ「別離の宴」を張ることになった。といっても、特別ご馳走が出るわけではない。残っていた食糧を全部倉から出し、スルメと古漬沢庵を肴に、物々交換で入手した密造のドブロクで、酒盛りが始まった。

雑多な連中の寄せ集めだけに、余興には不自由しない。まず、樫浦隊長が格調高く、尺八で「俺は河原の枯れススキ」を吹き、われわれをしんみりさせた。

続いて、望月親方がサビた調子で、バナナの叩き売りを語れば、山並テンユウは音吐朗々、駅のアナウンスを披露する。そのうち、「軍医長も何かやれ！」と声がかかった。言われても、歌は苦手だ。

（馴れたやり方でやってやれ！）

アルコールも適当にまわってきた。入口に立てかけてあった、鶴嘴《つるはし》を担ぎ出す。すでに眼はすわっている。

（人足の美学を見せてやる！）

手に唾すると、柄を八相に構え、振り下ろした。

「母ちゃんのためなら、エンヤコーラ、それ、父ちゃんのためなら、エンヤコーラ……」

三、四回振り回すと、足がもつれ、鶴嘴が畳に突き刺さった。

隊長が慌てて手を振る。

「軍医長、もうわかったよ……それ以上やると家が壊れる。頼むからやめてくれ……」

軍歌が飛び、歌謡曲が揚がった。アルミの食器を叩いて、伴奏する者もいる。もう、これが最後と思うから、皆チョーロッピーになった。誰ともなく炭坑節を歌い出し、大合唱になる。隊長の冴えた尺八が一段と調子を上げ、一同、手拍子を打つ。

座がいよいよ盛り上がった時、突然、眼の前に裸男が舞い込んで、さすがのツワモノども腰を抜かした。白眼を宙に浮かせた辰野運転兵が、尺八に合わせて裸踊りを始めたのだ。

この寒いのに……さすが山形・月山《がっさん》生まれだ。

踊るといっても、凸凹のアルミ皿と、破れ団扇を交互に使いながら、やたらに手を振り、足を揚げて、ハネ回るだけである。もちろん大事な代物も、団扇の陰でトチ狂っている。スピード狂らしく暴走運転だ。

尺八の音色が、調子外れの突撃ラッパに変わった。ラッパ手も疲れてきたと見える。

「それ行け、落ちこぼれの野郎ども！」

尺八ラッパに合わせ、ドブロクの一気呑みで、総員討ち死にだ。笑いと騒乱の渦の中で、やがて寂しく宴は果てる。

翌日、宴の余韻を嚙みしめながら、愛すべきわが相棒たちは三々五々散って行った。

いずれも一癖あるが、気のいい面々だ。もう少し一緒にいたかったが、時間切れでは仕方がない。この日、三〇一四設営隊「残留人足隊」は完全に消滅した。

故郷伊豆に帰り、戸外に吹く蕭条の風音を聞きながら、ひたすら逼塞《ひっそく》の時を過ごすうち、昭和二十一年三月十五日、充員召集を受け、再び船に乗る機会を得た。本懐である。

第三部　復員船

故郷有情

三〇一四設営隊・残留隊が解散してのち、私は故郷、伊豆下賀茂に帰った。温泉があるだけが取り柄の小さな集落だ。ここに私の実家がある。

父はすでに亡くなり、昭和二十年二月頃、母が東京から疎開して来て、祖母とともにわずかな田畑を守っていた。

田舎の生活は都会に比べて幾分、楽ではあったが、戦後の配給制度の中ではどこも同じように窮屈であった。

国民学校（小学校）では昼食の時になると、どこかに隠れていなくなる子が必ず幾人かいた。皆と一緒に食べる弁当がなかったのである。傘がないために、雨の日は学校を休む生徒もいたという時代だ。

配給の一部は点数制であった。たとえば、歯ブラシ一本が一点、靴下一足は二点、靴一足一五点という具合だ。それでも物不足でなかなか手に入らない。

靴屋は売る靴がなく、修理が主な仕事になっていた。それとて、靴底に張る牛革や豚革が払底している。代用品も安易に見つからない。

ある時、珍しく靴の配給があった。久しぶりに新品の靴を手にし、人びとは喜んだ。そのうち、ひんぴんと靴が消失する事件が発生した。

調べると、犯人は意外にも犬猫どもであった。配給の靴の底革が「スルメ」だったため、人間同様に餓えていた犬猫族が、人のいない時を見すまして、咥《くわ》えて行ったのだ。

底が「スルメ」では、雨の日には使えない。うっかり履いて出ると、水でふやけてブカブカになってしまう。仕方がなく、戸外に干しておくと、猫君か犬氏が喜んで失敬してゆく段取りだ。悪循環である。

昔見たチャップリンの映画に、彼の扮するルンペンが、履いている自分の靴を食って、飢えを凌ぐ場面があった。

魚の骨を吐き出すように、靴の釘をペッペッと捨てる仕草が、子供心にもやたらに面白かったのを覚えている。映画では喜劇でも、この時代は悲劇であった。

戦後は一時期、靴底も食糧だったのである。今では嘘のような話だが、当時は笑いごとではなかった。

その頃、南方に出征した兄が、もう五年も帰って来ないのが心配の種になっていた。北支に征《い》っていた弟は、すでに三ヵ月も前に帰還している。

兄が昭南島（シンガポール）の陸軍病院に配属されていたことは、終戦直前の便りで判明していたが、その後何の音沙汰もない。戦犯として処刑された可能性も捨て切れない。要するに、彼の行方は霧の中なのだ。

第一復員局（陸軍関係）に問い合わせたが、要領を得ない。大陸方面へ征った兄の同僚たちは大部分は帰国し、元の職場に復帰しているという。兄嫁は男の子一人を抱え、毎日近くのお宮にお百度参りをしている、と聞いた。その実家も空襲で全焼し、今は借家住まいだ。

義姉の憂悶を見ては放っておけない心境である。何とかせねばと思っても、いい方法が浮かばない。思いはいつか執念に変わった。

今度は第二復員局（海軍関係）に照会してみる。ここは引揚船を扱っているので、その方面から情報が取れるかもしれない、と考えたのである。

早速、反応があった。それも意外な形で……。

新たなる旅立ち

第二復員局に照会した文の要旨は、

「兄が予備軍医として、陸軍に召集されて、もう五年になるが、終戦後何の連絡もない。最後の手紙では、シンガポールの陸軍病院に配属されていたらしいが、詳しい消息を知りたい。それができないなら、そこに行く方法を教えてもらいたい」

である。

これに対する当局の反応は驚くほど素早かった。返事と一緒に、指令書が書留で送られてきたのだ。

「予備役を解除し、第二復員局事務官に任ず。速やかに船舶運輸部に出頭されたい」

お役所仕事にしては馬鹿に手際がよい。

昭南島に行く手段の有無を聞いただけなのに、復員局事務官を命ず、とは、いささか乱暴ではないか。少々腹が立った。とにかく、横須賀港湾局に出かけることにする。

行ってみると、応対の係官は、落ち着いた貫禄のある中年の紳士である。物腰から、元海軍の佐官クラスの人物に思えた。

彼の話では、今、復員船に乗る医師は極端に少なく、困っているという。

戦争後期には軍医も不足し、民間医師は、五体満足なら少々年を食っていても、補充兵として軍に徴用された。国内で医師が足りなくなったのも当然だ。

「昭南島方面行きの船があれば、考えてみたい……」

という私の申し出に、

「今のところ、シンガポール行きの船はないが、『早崎丸』という一〇〇〇トン船が南方からの引き揚げを受け持っているので、立ち寄る可能性がある。半年くらい我慢して乗ってくれないか……」

と、係官の言葉遣いは、やや懇願調であった。

返事を保留し、交通事情が悪いため、その日は港湾局の世話してくれた船員寮に一泊して帰ることにする。

伊豆の実家に着くと、意外にもすでに速達書留が届いていた。

「充員召集により、貴官を復員船『早崎丸』医務長に任命する」

とある。今度も、呆れるほど手まわしがいい。おそらく、はじめからシナリオが出来ていたに違いない。辞令も、指令書に続いてすぐ送られたに決まっている。

考えるまでもなく、陸・海・空すべて占領軍に掌握されている現在、復員船以外に外地に行く方策はない。私の腹はもう定まっていた。

しかし、復員船の行く先はみな敵地であり、また海賊船が出没し、そのまま拉致されることもある、などと実《まこと》しやかな噂もある。ある程度の危険は覚悟しなければなるまい。

とにかく、叩いたドアが開かれたのだ。進むしかない。かりに、兄に会う目的が夢に終わったとしても、人生には無駄はないはずだ。

昭和二十一年四月

横須賀港にて乗船。

船名「早崎丸」元海軍特務艦（食糧補給船）

排水量九九八トン、巡航速力一四ノット（約二六キロ／時）

幹部　船　長　岩波元少佐

　　航海長　山谷元中尉

　　機関長　鐘田元中尉

　　主計長　村井元少尉

　　通信長　渡辺元少尉

以上、主計長以外はいずれも海上勤務の経験者である。いうならば戦場生き残りだ。呼び方も昔のとおりであった。

船内事情

船長・岩波少佐に着任を申告、ただちに乗組員に紹介される。

艦橋要員　船長以下　八名
機関〃　長以下　一二名
通信〃　長以下　三名
主計〃　長以下　一四名　（炊事、事務、会計）
医務〃　長以下　七名
甲板〃　長以下　一二名　（営繕、出入港業務、ほか）　計五六名

いずれも柄の悪い連中であった。略帽を阿弥陀に被っている者もあれば、帽子のない者もいる。なかには長髪の髭面も混じっていた。服装も長袖、半袖、ランニングシャツなどまちまちだ。船といえども内地同様、物不足の当時だからやむを得ない。

大体海軍では、大きな艦ほど規律は厳しく、服装もキチンとしているが、船が小さくなるにつれ、万事ずぼらになる傾向があった。

空母や戦艦、巡洋艦をA級とすれば、駆逐艦や潜水艦はB級、掃海艇、水雷艇になるとC級だ。この船は一〇〇〇トンだからB級に属する。

士官では鐘田機関長が一番だらしがなかった。乗組員は行動に便利なように、ズック靴を履いていたが、彼はいつも「セッタ履き」だ。理由は難治性の爪白癬にあった。毎日のよう

に医務室に来ては、濃厚クレゾール液の水虫治療を受けている。

私は、戦時中、潜水艦に乗り組んでいた、と称するこの男と同室することになった。

岩波船長は以前、「春風」（一四〇〇トン）という駆逐艦の副長だったという。バタビヤ沖海戦（昭和十七年三月一日）で豪軽巡「パース」を撃沈したのが、自慢であった。

この戦いで、艦は小破したが、彼も右下肢に被弾し、その後遺症で今でも軽く片脚を引きずっている。そのためか、指揮棒代わりに、常に木刀をついていた。

彼は時代劇や西部劇の映画が大好きで、夕食後の寛いだ時など、われわれを前に、

「嵐寛寿郎という役者を知っているか……？」

爪楊枝を使いながら喋る。

「奴さんは台詞をいうのが苦手で、無声映画時代、口を利く場面では、何時も『ナムアミダブツ』を繰り返していたそうだ。僕は貴方が好きだ、と言う時も『ナムアミダブツ、ナミアミダブツ』というわけだ。泣かせるじゃないか……」

大きな口を開けてワッハツハと笑う。彼はまた博学でもあった。

「旧海軍の使った取舵、面舵という言葉は、どこからきているか知っているか？」

「…………」

一同、黙っていると、

「あれは十二支の酉《とり》と卯《う》からきている。子《ね》が磁北を指すと酉は西を指す。つまり、酉舵は左舵をいう。卯は東だ。卯舵がなまって面舵、だから右舵さ……」

彼の話はいつも面白かった。思わず引き込まれてしまう。

「早崎丸」は戦時中は、巨大な冷凍・冷蔵庫を持つ食糧補給艦であった。引揚船に指定されると、庫内は幾段にも仕切られ、床面と天井の間は約一メートルに改造された。

この棚に引揚者を収容するのである。収容というより、押し込むといったほうが正確であった。うまく押し込めば三五〇名は入る、という。

われわれはこれを蚕《かいこ》棚と呼んだ。奥に行くには、中腰か、這って進むしかない。

(これでは人間倉庫ではないか……?)

背筋が寒くなった。戦争に負けた以上、これがやむを得ない選択であった、と納得したのは現地に着いてからである。

最初の航海はバンコク行きであった。一四ノットで約一三日の航程だ。

スコール

海上生活では、水が大切なことは論をまたない。飲料はもちろん、炊事、洗濯、トイレに至るまで、その恩恵を受けている。そのほか、船が何らかのトラブルによって傾斜し、復元力を失ったときは、両舷に備えられた清水タンクの内容を、反対側に移動させることにより、船を正常位置に戻す役をする。タンク内を空にするわけにはいかないのだ。

「空母」にいた頃は一週に一回くらい入浴できたが、一〇〇〇トン船の「早崎丸」では、そう贅沢はできない。航海中は、せいぜい朝の洗面時に、濡れタオルで、身体を拭く程度である。

今は、海から陸に生活環境が変わり、水に不自由することはなくなったが、節水の習慣がすっかり身につき、四五年経っても、水の過剰使用には敏感になっている。街で水をふんだんに使ってザーザーと洗車しているのを見ると、もったいないことをしている、と思ってしまうのだ。

うっかり蛇口を締め忘れて、風呂の湯を満杯にすると、こぼすのが惜しくて、かけ湯で済で済ましてしまう。ドップリ浸かって、ザーッと水を溢れさす気にはなれないのだ。かけ湯最初の目的地はバンコク（クルンテープ）であった。途中、インドシナのカマウ岬を過ぎるあたりで、スコールに遭遇した。出港して一〇日目あたりである。

ぼんやり水平線を見ていると、忽然と熱帯特有の入道雲が視界に入った。

「医務長、水浴びの用意だ。急げ！」

機関長が叫ぶ。船首見張員からも声が上がった。

「スコールが来ます。船長！　距離六キロ」

すかさず艦橋の岩波船長はマイクをとる。

「機関停止、総員上甲板に集合、水浴用意！」

船員たちは、それぞれの居住区に転げ込み、洗面器、石鹸、タオル等をつかむと、また上甲板に飛び出して行く。こういうときの縄張りは決まっていると見え、素早く場所を取って待機する。やがて、盆を覆すように沛然たる豪雨が来た。

横殴りの風をともなった大粒の雨が、飛沫《しぶき》となって全身を叩く。

「スコール」は十分もすれば通り過ぎるので、運動神経を総動員して身体を洗う。要領のいい者は、下着一切綺麗に洗濯してしまう。やがて雨は上がった。

気がつくと、私は船首に立っていた。足元で、何かゴソゴソやっている者がいる。見ると、機関長がクレゾール液で、足をタワシでゴシゴシ擦っている最中だ。こんな時でも水虫の治療とは感心なものだ。

私が見下ろしているのに気づくと、顎をしゃくった。

「あれを見ろよ……医務科の川井主任だ。彼はこの船一番の綺麗好きだけあって、もうあんなに洗濯してしまったらしいぞ……」

視線をたどると、船檣《せんしょう》に張り渡したロープに、かなりの量の下着や衣類が干してあった。なかに、何となく見覚えのある物が混じっている。

「あれは……？」

眼を凝らすと、それは間違いなく、私のパンツと靴下ではないか……。思わず眼を剝く。

その時、川井がヒョイと振り向いてニヤリとした。

「こういう物は医務室に置かんでくださいよ……、機関長ほどでなくても、医務長も立派な水虫ですからね、医務室は常に清潔たるべし、ではないですか……」

何と言われても、一言もない。頭を掻くばかりだ。

（一本やられた。早く捨てればよかった）

後悔先に立たず、スカッパー（舷側にある塵捨筒）に捨てるつもりで、迂闊《うかつ》にも医務室に置き忘れたらしい。

目的の港まであと三日であった。

虫垂炎発生

バンコクで陸軍の復員兵一五〇名を乗せ、クアラルンプールに向かった。シンガポールは途中の港だが、今回は寄港しない予定である。

港を出て二日目、船内に腹痛患者が発生した。はじめは食当たりか、悪くすると赤痢かと考えたが、ほかに同じ症状の者はなく、ただの腹痛ではないようだ。

付き添って来た兵によくきくと、乗船する前から腹が痛かったらしい。病気とわかると、船に乗せてもらえなくなると思い、我慢していたと見える。

天井の低い「蚕棚」居住区を、横這いながら、患者のところまでたどり着いた。室内は人びとの汗や垢で、異様な臭いが充満している。よくも詰め込んだものだ。

かなり痛むらしく、その兵隊は額に汗を浮かべて唸っていた。

診ると、間違いなく虫垂炎である。それも、ほどなく穿孔しそうだ。大急ぎで患者を医務室に移し、船長に相談した。

「私の専門は内科だ。虫垂炎の手術などできるわけがない。付近航行中の船に連絡して、外科医のいる船を捜していただきたい」

船長も真剣になった。通信科を督励して八方捜したが、あいにく、外科医の乗った船は見つからない。

とりあえず患部を冷やし、なんとか病巣を散らす工夫をしたが、容態はますます悪くなる一方だ。手術する以外、方法はなさそうだ。

しかし、かりに私が外科医だとしても、手術には二の足を踏むに違いない。

ここには、ちゃんとした手術室もなければ、オペ用の器械もない。あるのは小外科用の貧しいセットだけであった。

私の外科の経験といえば、学生時代、兄の勤めていた病院で、二、三回盲腸の手術の手伝いをしたことくらいだ。縫合の仕方が悪い、と、えらく叱られたことを覚えている。

その時、兄が言った言葉が頭に浮かんだ。

「盲腸くらいで人を殺すなど、医者の恥だ。膿《う》んだら切ればよい。何とかなるものだ。ただ、腰椎麻酔だけは注意しないと、ショックの危険がある……」

患者の腹部がパンパンに硬くなってきた。顔色も悪くなっている。穿孔が近い、いやすでに破れているかもしれぬ。覚悟を決めた。

軍刀を振りかざし、先頭を切って敵陣に殴り込む指揮官の気持ちがよくわかった。

「医務室の中のものを全部運びだせ！　今から、この部屋で手術する……」

川井上曹は戦時中、霞ヶ浦飛行場で整備部隊にいたという。そのせいか稀に見る掃除好きだ。

部屋の中は、手術用の診察台を残してたちまちがらんどうになった。

私が盲腸炎で手術を受けたのは、小学生の頃だったが、他人の腹を切るのは初めての経験だ。まるで自信はない。

といって、何もしないで黙って死なせるわけにはいかないではないか！

医務主任の川井が、心配顔になってきく。

「つかぬことを伺いますが、医務長は今まで、腹の手術をしたことがあるんですか……?」

彼は、私の腕を全然信用していない面持ちだ。

「腹など切ったことは一度もない。パンツの紐は何回か切ったがね……」

私は言ってやった。便所の火事だ。もう、半分ヤケクソである。

大きな手術と言えば、設営隊時代、肘を日本刀で切られた患者を、一晩かかって処置したことがあるくらいだ。

もちろん小手術は何回かある。鶏卵大に化膿した横痃《よこね》を十文字に切開したこともあるし、包茎の手術も数回やった。

しかし今度は開腹手術だ。全く自信はない。自信欠乏は虞《おそれ》をともなう。開腹手術は、復員船に乗って最初の、恐怖をともなった試練であった。

医務室は掃除マニアの川井主任によって、きれいに片付けられている。室の中央に診察用ベッドを置き、患者を横たえた。すでに彼の顔は総毛立ち、死の気配が漂って見える。

スタッフは、私を含めて医務科員三名、それに、立ち会いの陸軍衛生兵一名を加えると、狭い医務室は一杯になった。

「準備オーケーです。始めますか?」

川井主任が声をかける。

手術野はすでに滅菌・覆布《おいふ》で四角に区切られていた。

沃度チンキで皮膚を消毒し、ハイポ・アルコールで清拭する。ノボカインで局所を麻酔した。大きく深呼吸して、円刃刀を手に取る。

気仙沼共立病院で夏季実習の時に、兄から、

「盲腸の手術創が大きいのは、腕が悪いからだ、という人がいるが、腹腔内の虫垂を捜すには、恐れず十分広く開けるべきだ。特に経験の浅い間はな……」

と言われた言葉が耳の奥に残っていた。

側腹部を斜めに、八センチほど一気にシュニット（切開）を入れる。どうも少々切り過ぎたようだ。これは後になって反省したことである。

皮膚、筋肉に続いて、腹膜に小切開を入れる。

この頃から患者の呻《うめ》きがひどくなった。この船には、腰椎麻酔用のペルカインも、ヌペルカインもない。ノボカインの局麻だけでは、痛いのも当然だ。

メスの柄を使って、鈍的に腹膜を広げる。奥の方にチラッと黄色いものが見えた。

（化膿した虫垂だ！）

直感が告げる。

さらに切開部を広げ、その物を確認しようとした時、異変が起こった。

患者が苦痛に耐えかね、大咆哮を放ち、その腹圧で、中の腸がベロンと腹外に飛び出したのだ。

予期せぬ事態にスタッフ一同仰天し、狼狽はその極に達した。

私はメスを放りだし、ハミ出した腸を元に戻そうとしたが、うまくいかない。一方を押し

込むと、他方の腸がせり上がってくるのだ。

身体中のアドレナリンが沸騰した。

なにしろ、八センチも切ったのである。腸がゾロゾロ出て来ても、おかしくない。こっちの気持ちも知らず、はみ出した臓物《はらわた》は勝手気ままにノタクリ回るのだ。

たちまち室内は阿鼻叫喚に包まれ、凄惨な修羅場と化した。その時、いきなり、横から毛むくじゃらの手がヌッと現われた。

立ち会いの陸軍衛生兵のゴツイ手である。

その毛だらけの、グローブのような大きな手は、アッという間もなく、はみ出した腸を鷲《わし》掴むと、無理やり腹の中に押し込んだ。

「こらっ！　馬、馬鹿たれ！　汚い手で触るな！」

大声で怒鳴ったが、もう後の祭りだ。彼が飛び出した腸を、遮二無二、腹腔にねじ込むのを、束の間、茫然と見送る。

一瞬、静謐《せいひつ》があたりを支配した。悪い夢を見た気分だ。

我に返って、急いで腹腔内を捜したが、今の騒ぎで、虫垂突起はとっくの昔にどこかに雲隠れしてしまっている。部屋の中は器材が散乱し、ごった返しになった。

腹腔は血と膿に塗《まみ》れ、黄泥色の沼地になっている。おそらく、虫垂が破れたに違いない。

（もう滅菌に気を使う必要はない……）

虚脱感とともに、頭の中に奇妙な安心感が位置を占めた。

いつの間にか室外には、大勢の陸軍兵士が詰めかけている。今の患者の悲鳴と、私たちの怒号で、何事が起きたのかと、駆けつけて来たらしい。

「そばによるな、まだ手術中だぞ！」

川井上曹が、大声で連中を追い払っていた。

聴診器のゴム管をドレーン代わりにして、どうにか手術創をふさぐ。しばらくして、ゴム管から、膿汁をまじえた茶褐色の液体が滲み出てきた。間違いなく汎発性腹膜炎である。それも医原性の……。

後で陸軍衛生兵に、無茶を詰《なじ》ると、彼は平然と、静かな微笑を送ってよこした。

「先生、わしは北支から南方に移って来ましたが、あっちでは白兵戦のたびに、腹わたをはみ出した負傷兵を手当てしてきました。戦いの最中では、傷を縫う暇などありませんからね……腸を両手でねじ込んで、上から晒し木綿をグルグル巻きつけるだけです。それでも、大部分は助かったんですよ……腸さえ破れてなければね。

戦場でさえそうです。まして、こんな立派なところで手術して、結果が悪いはずはありません。だから先生、安心してください。この兵隊は絶対助かります。人間の身体は、思ったほどヤワではないんですよ……」

彼の言うことは、妙に説得力があった。

〈私が包帯し、神がこれを癒したもう〉

という外科医パレ（仏）の言葉を、都合よく思い出す。後は神様の仕事だ。私は彼の言葉を信じ〈神様に責任を転嫁し〉、安心することにした。

（私なりに、やるだけのことはやったのだ。後は神様の思し召しだ……）

患者は、いつの間にか、静かになっている。死んでいない証拠に口を利いた。

「先生は乱暴だね……。一体、今まで腹の手術なんか、やったことがあるんですか？」

私は大きく首を横に振る。

「まるっきりないね……お前さんが最初で最後だ。もうこんなことはマッピラだよ」

「わかってましたよ。先生の顔には、自信がないと、ハッキリ書いてありましたからね」

彼は顔を歪めて笑いながら、憎まれ口を叩いた。

船は、間もなく、シンガポールに寄港した。当初は寄らぬはずだったが、突発患者の都合で予定を変えたのである。

ここで、産婦人科医師の乗った「光盛丸」という二〇〇〇トン船に患者を移し、再び船首を本来の目的地クアラルンプールに向ける。その医師の話では、命は大丈夫ということだ。

今日も熱帯の空は抜けるように澄み切って、潮風は気持ちよく頬を撫でていった。

クアラルンプール

目的のクアラルンプール湾口に着いたのは、バンコクを発って一週間目の夕方である。翌朝早く、私はガヤガヤという異様な喧騒に目を覚まされた。

「何だ何だ、戦争か……？　火事か？」

隣に寝ていた機関長が、甲板に飛び出して行く。私も舷窓から外を見て驚いた。現地人らしい男女が、丸太舟を操りながら、この船を取り巻いて口々に何か叫んでいる。

船の数は約三〇隻、よく見ると、舳先には色とりどりの果物や、手作りらしい工芸品が山と積まれていた。物々交換に来たらしい。

船員たちは慣れていると見え、片言と手振りで盛んに取引中だ。こちらから下履きやシャツ、ズボンなどを、縄に吊した笊《ざる》に入れて降ろしてやると、向こうからは見返りに、パパイヤ、バナナ、ドリアンなどを、それに入れてよこすのである。

やがて、機関長が一〇房もついている、大きなバナナの樹を抱えてきた。食べ頃を心得ていると見え、皆ほどよく熟している。南国の甘い香りが狭い個室に充満した。

「使い古しのズック靴をやったら、これをくれたぞ。新調の背広でも出したら、首でもよこすかも知れんな……」

彼はゴキゲンである。

「お前さんの水虫が、あちらさんに感染《うつ》らんことを祈るよ……」

私は心から、新しい持ち主に同情した。

クアラルンプールは、想像していた以上に寂しい港であった。双眼鏡で望見したところでは、当然埠頭にあるはずの岸壁が見当たらない。

湾口には沈没船や破船が散見され、不用意に港内に入るのは、危険であった。港の左端に、木製の船着場と思える桟橋があり、原住民に混じって、一群の兵隊服を着た連中が盛んに手を振っている。

どうやら日本兵らしいが、特に占領軍の監視下にはない様子だ。ここでは陸軍兵士を一五〇名乗せる予定である。

午後、航海長・山谷中尉と通信長・渡辺少尉が内火艇で連絡に出発した。午前中は物売り（物交）で賑やかだった海が、今は嘘のように静かになっている。

　間もなく二人は帰ってきた。

「陸軍部隊は、数個所に分散収容されているため、集合には丸一日かかるそうです。人員は、約二〇〇名と言っております」

　彼らの収容されている場所は、いずれも山岳地帯であり、しかも移動は徒歩によるので、すぐには来れないという。予定は一五〇名だったが、五〇名くらいの超過ははじめから見込んでいたらしく、岩波船長は自若たるものだ。

「この船には、だいたい三五〇名、無理すれば四〇〇名くらい収容できるはずだから、大丈夫だ」

　彼は胸を叩いた。しかし、その目算は甘かったようだ。

　翌日、つぎつぎと乗船してくる兵士たちは止めどがない。そのうち、舷門で乗船人員を数えていた水夫長が走り寄ってきた。

「船長、大変です。もう予定数に達したのに、いくら駄目だと言っても、眼の色を変えてドンドン乗り込んで来ます。何とかしないと……」

　言ってる間にも、員数が増え続ける。屈強な乗組員が、必死に押し戻そうとするが、相手も懸命の意気込みだ。とても持ち堪《こた》えられそうもない。

　兵士たちの気持ちはよくわかった。彼らは異境の地に、永い間抑留され、今日は故国に帰れるか、明日こそ妻子の顔を見られるか、と毎晩帰国の夢を見ていたに違いないのだ。

同情はするが、船には規定の量しか食糧も消耗品も置いていない。内地もまた飢えていたのである。

いったん乗船してしまった者を、今さら降ろすわけにはいかない。やむなく狭い「蚕棚」に無理やり詰め込み、それでも入り切れなかった者は、上甲板に収容することにした。雨が降ったら、一時船内に移せばよい。もちろん、乗船人員が増えた分、食糧などは節約することになるだろうが……。

寝具については、ちょうど暑い季節に当たっているので、何とかなりそうだ。

結局、バンコクで乗せた一五〇名と合わせ、四二〇名の将兵を内地に送ることになった。はじめは非人道的と思われた蚕棚居住区も、多数の人員を可及的速やかに、祖国に帰還させるためには、合法的手段だったのである。

居住区内は、人いきれで蒸し暑く、汗や垢の匂いが充満した。当然、息苦しさに耐えかね、蚕棚から這い出し、甲板で夜を過ごす者が出てくる。やがて、日中でも、外の空気を吸いに、デッキに上がってくる人間が増えてきた。

彼らは、思い思いに群れを作って、雑談に耽ったり、収容所生活中に作ったらしい遊び道具で時を過ごすのだ。なかには、通りかかった船員をつかまえて、内地の様子を熱心に聞いている兵士もいた。

下駄パイと称する、マッチ箱大のパイで麻雀に興ずるもの、ボール紙や煙草の箱で作った花札で楽しむ組、中には紙縒《こより》や麻糸でミニチュアの亀や草鞋《わらじ》を作り、乗組員と物々交換する者もいる。

私も受診した村上という兵隊から、紙嵯で作った極小型の笊《ざる》のようなものを貰ったことがある。

それは、上縁が内側にオーバーハングしている、妙な形をしていた。

「これは〝鳥の巣〟の模型ですよ。卵から雛に孵《かえ》る……。つまり早く帰れるように、というお呪《まじな》いです。今までこれがお守りでしたが、もう不要になりましたから、先生にあげましょう……」

村上伍長は大事そうに、手の平に乗せて差し出した。私が礼を言ってそれを受け取ると、一転して淋しい顔になった。

「私は軍隊で八年間、外地勤務させられました。おかげで〈青春〉という大事なものを失ってしまいました。もう取り返せません……」

彼は二十二歳で徴兵に取られ、三十歳になるまで、ろくろく女性の顔を見たことがない、と言う。そういえば、年のわりに皺が多く、精気に欠けて見えた。

暗い口調で、不満を漏らす彼の顔を見て、私は咄嗟に慰めの言葉が出てこない。

（私だって二十四歳だ。繰り上げ卒業して、すぐ海軍に入ったから、女性にはまったく縁のない生活を送ってきた。もし戦争がなかったら、今頃は、キラキラと輝くような青春を味わっているはずだ。自分だけが損しているようにいうのは男らしくないな……）

と心の中では思ったが、口に出したのは別の言葉であった。

「三十歳からでも、青春を味わえるはずですよ。内地では今、闇市が真っ盛りで、それこそ手荒い青春を、いやというほど経験できますよ……」

彼が長い間恋い焦がれた、祖国の地を踏んだ時、その荒廃した山河を見てどのような感懐を抱くであろうか……。

悲喜こもごもの思いを乗せて、復員船「早崎丸」は航海を続けてゆく。

時は昭和二十一年六月半ば、内地は梅雨の真っ最中のはずであった。

サイコロ賭博

上甲板ではいつもと同じように、帰還兵たちは、気の合った仲間同士で群れを作って、雑談したり、抑留中に作った道具で遊んでいた。乗組員たちも彼らの応対になれてきて、一緒に遊んでいるものもいる。皆単調な毎日に、退屈を持て余しているのだ。

患者がいない時は私も暇である。士官室を出てあたりを眺めていると、声をかけてくるものがいた。振り向くと、昨日医務室に受診し、散々愚痴をこぼしていった村上とかいう兵隊だ。見ると手の平の上でサイコロを転がしていた。

「今、仲間とこれをやっていたところです。先生もやってみませんか?」

彼は壺を振る動作をして見せた。

「そういうことはやったことがない。やりたくもない。僕には生まれつき博才はないし」

「そんなこと言わないで……賭けるものは何でもいいんです。自分たちはこれをかけます」

彼はもう一方の手を広げて見せた。紙縒で作った小さな草鞋が、そこに乗っていた。村上伍長は、こういう細かい手仕事が得意と見える。

やや強引な誘いに、私は乗ってみることにした。丁半博奕のノウハウはかつて設営隊時代に、望月親方から手ほどきを受けたことがあり、少しは興味がある。

もとより、文なしの彼らから（賭けに勝っても）物を毟《むし》り取る気はない。

私はひと航海ごとに特配されるレーションが食べかけになっていたのを思い出した。

（あれなら彼らも喜ぶに違いない……）

船室にとって返し、口の空けてあるAレーションを持ってくる。これは米軍の携帯口糧だが、中身は日本軍のそれと違ってクッキーやチョコレートが主であった。

間もなく村上と、もう一人陸軍兵長をまじえ、サイコロ博奕が始まった。こちらは最初から負けるつもりだったから、すぐレーションの中身は空になってしまった。

「自分らは初めから勝つつもりはなかったのに、先生があんまりあっさり負けるので、これはハナから負けるつもりだな、とすぐわかりました。どうもご馳走さんです」

板チョコやクッキーを食べながら、村上たちは口々に礼を言った。

「それにしても、先生の壺の振り方はなかなかのものでしたね。玄人はだしでしたよ……」

お返しのつもりか、彼らは別れしなに、極小の草鞋と成田山のお守りをプレゼントしてくれた。

（甘いものは内地でも貴重品だ。しばらくは復員船生活中の思い出に残るかも知れん……）

踊るようにして帰って行く彼らの背中を眺めながら、甲板に佇《たたず》んでいると、突然、耳許で名を呼ばれた。

振り返ると、いつの間にか岩波船長がそばに立っている。

「さっきから見ていたが、コロコロ負けてばかりいたじゃないか。いつか、博奕に絶対勝つ方法があると言っていたが、どうした……？　まさか、あれは口から出まかせじゃあるまいね……」

ニヤニヤした。私も負けずに笑った。

「嘘じゃないですよ、後で話しますから……」

（やっぱり、船長も博奕に興味があるらしい。香具師の親分から聞いた秘伝を披露して、私だって物知りだ、ということを教えてやろう）

私は思った。

夕食後は、もっぱら博奕の話になった。もちろん、中心は私である。

「結論から言えば、勝つまでやめないことです。ただし、条件がありますがね……」

「条件てなんだ？　まさか〝イカサマ〟じゃないだろうな？」

機関長が半帖《はんじょう》を入れる。

「まず、度胸と面魂です……」

設営隊・望月親方のギョロ眼髭面を思い出した。

「……次に相手の懐具合を見定める。今日のような文なしの復員兵が相手では、戦意も湧きませんからね」

「それにしても、相手はサイコロだ。いつもこっちの思うように目が出るとは決まってないじゃないか。どうして勝てるんだ？」

船長は釈然としない顔つきだ。山谷航海長も同じ考えらしく、疑い深そうな眼を向ける。

「どうも、言うことがよくわからん。ザルを透して、中のサイコロの目がわかる名人ならいざ知らず、医務長のような素人《トーシロ》が、まぐれでも勝てるとは思えん」

私は微笑した。

「もちろん、勝ったり、負けたりするさ。丁半博奕は偶数の出る率も、奇数の出る率も半々、つまり五割は勝つ可能性があるわけだ。負けたときは、度胸よくさらに賭け金を倍にして続ける。勝ったところでやめる……」

今度は船長が口を挟む。

「そううまくいくもんか。相手が〝イカサマ〟を使ったらどうする？　勝てっこないぞ」

私はもう一度笑った。

「なおやりやすい……骰《さい》が〝仕掛け物〟なら、五回に一回くらいはこちらに勝たせます。そうしないと〝インチキ〟と勘繰られますからね。今言ったように、負けるたびに倍ずつ賭けるんです。五回負けても、六回目に勝った時には、かなりの額になっているはずです。勝ったところでやめるのが味噌です。一〇回も繰り返せば家が建ちますよ……」

今度は村井主計長が口を利いた。

「そんなに注文どおりいきますかね……勝ったところで、そう簡単にやめさせるはずはないと思いますが……」

私は頷《うなず》く。

「だから度胸と面魂と言ったんだ。勝ったとき、下から三白眼で相手を見上げながら、『まだやるかね？』と睨みつけるのさ。これを何回もやれば、相手が縮み上がることは間違いない……ソウダ……」

船長がしたり顔で手を叩いた。

「やっぱり、医務長の話は誰かの請け売りだったな。初めから話がうますぎると思ったよ、理屈はそうでも、誰でもやれることではない。特に医務長のように、度胸も面つきもヤワでは、それこそ尻の毛まで抜かれて放り出されるのが落ちと決まっとる」

岩波船長にオチョくられて、私は腹の虫が収まらない。

「それをいうなら船長だって同じですよ、今だって片脚引きずってるから、放り出されたら今度は這って逃げるほかありませんね、私なら二本の脚でスタコラずらかるけど……」

私は言ってやった。

コロ島航路

兄を捜す目的で、南方行きの復員船を志願したのに、なかなか目当ての昭南島に上陸する機会がない。たまたま寄港してもすぐ出港するので、捜す暇がないのだ。不安が募《つの》り、焦燥に身を焼かれる日が続いたが、諦めて下船する気にはならない。

海上生活は私に合っていた。スペインの言葉に「膚に馴染む男」というのがある。船員たちは気が荒いが、皆いい奴ばかりだ。つまり「膚に馴染む男たち」なのだ。

舟底一枚下は地獄、の環境下で同じ釜の飯を食い、苦楽をともにする強い連帯感が、私を船に強く引き付けたのである。

四度目の航海は葫蘆島《コロ》行きであった。博多から約一週間の航程だ。遼東半島の突端を北方に回頭し、約二時間でコロ島に達する。

港には、すでに「大東丸」(二五〇〇トン)、「広済丸」(一八〇〇トン)が先着していた。「早崎丸」はその真ん中に接岸する。

岸壁から二〇〇メートルばかり離れたところに、巨大な倉庫が二棟建っていた。その両側は目路の続くかぎり、広々と平野が展開し、樹木は一本も見えない。さすがに大陸である。

倉庫は、飛行機の格納庫を思わせる大きさで、南支、満州方面から逃げのびて来た人びとがここに収容され、帰国の時を待っていた。

「早崎丸」は収容定員は三五〇名と少なく、居住性もよくないため、病人や高齢者は設備のよい「大東丸」に収容されることになっている。

その日、予定の時刻を待ち兼ねたごとく、倉庫から三列の人の流れが、蟻の行進のようにこちらに向かっていた。それぞれ「大東丸」「早崎丸」「広済丸」に収容されるのである。

やがて私たちの前に先頭が到着した。

たちまち甲高い、歓声とも悲鳴とも聞き取れる騒音が沸き上がる。懐かしの故国に帰れる安堵のどよめきのほかに、悲哀をこめた嗚咽のような音声も混じっていた。

私と航海長・山谷中尉は、引揚者を乗せる前に健康診断と服装検査をすることになっている。

健康診断といっても、裸にして打聴診するわけではない。顔色、歩行などから、異常を発見するのが目的である。かつて、設営隊編成時、二〇〇〇名の身体検査をしたときの経験が役に立った。

服装検査は、衣服があまりに貧しいものや、汚れのひどい人たちに応急の衣服を与えるのが目的だ。

衝撃を受けたのは、ほとんどの女性が坊主刈で、白粉の代わりに、顔に煤を塗っていることだった。主にソ連兵の暴行から身を守るためであろう。ダブダブの兵隊服や、男性の国民服を着ている婦人が多い。頑是《がんぜ》ない十歳に満たぬ女の子まで頭髪を刈り、顔を汚しているのだ。何ヵ月も風呂には入っていないと見え、皆異臭を放っている。見るなり言葉を失った。寂寥《せきりょう》感が纏わりついていて、胸を衝《つ》かれた。

男女とも寒々として、手回り品は風呂敷包か、手提袋を一個下げているくらいだ。

なかに明らかに重病と思われる老人をともなった一家がいた。家族の帰還を一便遅らせるか、病人だけ、ここより設備のよい「大東丸」に移るように勧めると、老人は私の足に取り縋って哭《な》くのである。

「家族と別れたくない、一緒に帰らしてくれ……途中で死んでもよい」

という。断わるに忍びず、航海長と相談して乗せることにした。案じていたとおり、この老人は航海中に亡くなった。死因は肺炎による衰弱である。

最初のコロ島航行は私にとって、暗く、つらく、寂しい旅になった。

英軍臨検

三五〇名の予定が、またもや超過して四〇〇名になった。困ったのはトイレである。男ばかりの兵隊輸送の時は、トイレ不足を、舷側に板を張り出し、周りを帆布で囲った「簡易便所」で間に合わせたが、女性をまじえた一般引揚者の場合はそうはいかない。

幸い、引揚者の中に建具職人がいたので、入口だけは戸板にし、中から桟《さん》を下ろせるように改造した。小児の場合は、大人が手を貸して用を足させるのだ。

英海軍の臨検を受けたのは、コロ島を離れて三日目であった。威海《ウエイハイ》の東三マイルほどのところである。

「早崎丸」の右舷に、小型の船舶が現われたと思うと、突然、汽笛長一声を発した。

「停船の合図らしいぞ」

傍らで、通信長・渡辺少尉がつぶやく。

続いて、船の進行方向にパッパッと白波の柱が立ち、間を置かず、ダダンダーンと断続音が響いた。英海軍の海防艇が、自動小銃の威嚇射撃を行なったのだ。

船は機関停止した。

やがて、エンジン付きの小型カッターが接舷すると、五、六名の兵士が乗船してきた。岩波船長と山谷航海長が舷門に迎えに出る。

舷側には、引揚者が一杯鈴なりになり、コワゴワ見守っている。

乗り込んできたのは、士官一名と兵四名であった。兵たちは短機関銃を腰だめにし、士官は拳銃に手をかけ、今にも発砲しそうな面構えだ。ちょっとビビッた。

さすがに船長だけは平静な顔である。彼は右手を差し出し、握手を求めたが、英軍士官は応じない。すぐキャビン（船長室）へ案内するよう要求している様子だ。船長は、せっかく出した手のやり場に困ったらしく、その手で右の耳を掻いていた。

英軍士官の言葉は、早口でよくわからないが、相当険悪な空気だ。航海長をまじえて三人が船長室に入るのを見守りながら、通信長が私の耳に口を寄せて囁く。

「物騒な顔付きだぞ……下手をすると、拿捕されるかも知れん……」

キャビンの前で銃を構えている英兵の様相も物々しい感じだ。

（このぶんでは明日の太陽は拝めないかも……？）

私もいくらか心配になった。

そのうち、航海長がひとりキャビンから出てきたので、成り行きをきいてみる。

「彼らは何のために停船させたのかな……？　まさか、海賊をはたらくつもりじゃないだろうな」

すると、彼は白い歯を見せて笑った。

「心配するな。人を大勢乗せているのを見て、多分、食糧などもタンマリある、と思ったのだろう。奴らの国も戦争で大分苦しいと聞いたからな……。ここでドンパチする気はあるまい。日本人は、いざとなると、何を仕出かすかわからん人種だということを、彼らもよく知っているはずだ……」

間もなく、船長室から出てきた英軍士官からは、すっかり緊張が解けていた。いささかあっけない幕切れである。ふと見ると、彼の両手には、ウイスキーの瓶が一本ずつブラ下がっていた。兵士たちの顔も、来た時と比べて明らかに緩んでいる。

船長、なかなかどうして、やるじゃないか、と感心する一方、

（それにしても今時、よく、ウイスキーがあったな……）

カッターの中から、笑顔で手を振っている英兵を見ながら、不思議に思った。

いつの間にか船は静かに動き出している。次第に速力を上げ、英艦の姿は、やがて遠くかすんで行った。内地到着まで後四日の航程である。

英軍士官の両手に提げられていた瓶は、チラッとだがウイスキーのように見えた。

「あれはナポレオンだぞ、間違いない。はっきり、この眼でレッテルを見たから確かだ」

断言したのは航海長だ。

「……だとしたら、船長も水臭いじゃないか。われわれには、一度も奢ったことがないのに、敵に贈るとは……」

傍らで渡辺通信長もボヤく。

考えることは誰も同じだ。英兵が帰った後、皆が揃って船長室に押しかけると、岩波少佐はソファーに背を凭《もた》れて、のんびり、一服しているところである。

私たちがゾロゾロ入って来るのを見ると、待っていたように口を開いた。

「奴らが、舷梯をあがって来るところを見て、正直、ギョッとしたな……まるで敵前上陸の構えだ。さすがの俺も、コンニャクの木のぼりになったぞ……」

船長は下手な洒落を言った。

「つまりブルッたわけだ。英軍士官が、ひとりで船長室に入ってきて、航海日誌と搭載品目録を見せろ、というから、『この船には、コロ島からの引揚者を予定以上乗せたため、貴官

たちに提供する物は何もない。武器らしいものは何一つ乗せていないから安心してくれ』、と英語で言ってやったち、緊張が取れたらしい。そこでちょうど飲みかけの日本酒があったから、一杯飲ませ、帰りがけにブランデーを持たせてやったら、ホクホクして帰っていったよ。『Wish your bon voyage（安全な航海を祈る）』なんてお世辞を言ってな……奴らは、このあたりに海賊が出没するので、見まわっているんだそうだ……」

彼は指で丸を作って見せた。

「案ずるより梅干し、という奴さ」

すかさず、私は文句を言ってやった。皮肉たっぷりに……、

「それにしてもナポレオンを持たせるなんてもったいない。まだ残っているなら、われわれに振舞ってくれても、バチは当たらんと思いますがね……」

すると、船長は愉快そうに大きく口を開けて笑った。

「そう来ると思ったよ。君たち、あれを本物と思ったのかね……、瓶のレッテルは確かにナポレオンだが、中身はクアラルンプールで手に入れたヤシ酒さ、ナポレオンといえば一〇〇年物の逸品だ。たとえあったにしても、もったいなくてくれてやれるものか、今頃はあの士官、地団太踏んで口惜しがっているだろうて……」

彼は白眼を剝き、舌を出してみせた。

岩波船長が、商船学校出身で、英語がペラペラなのを知ったのは、この時である。

その日の夕食後、航海長が私に耳打ちした。

「あのヤシ酒、船長が、履き古しの革靴と交換したものらしいぞ……。それはそうと、さき

ほど、主計長の村井少尉に、『俺の大事なものを皆のために出したのだから、代わりに日本酒を一本よこせ』と談判しているのを聞いたぜ。あれで船長、けっこう抜け目ないんだから……」

彼は私の肩をポンと叩くと、広い背をみせて足早に去っていった。

（ブランデーの偽物で、相手を籠絡《ろうらく》するとは……、これも敗戦国民の美学かも知れぬ）

私はツクヅク敬服した。反面、疑問も湧く。

（船長も足白癬のはずだ。水虫の滲み込んだ革靴で、椰子酒をせしめるのは、タチの悪い詐欺行為じゃあるまいか？）

セレター軍港

昭南島（シンガポール）に寄港し、短期間だが滞在することになったのは、なお数次の航海を経た、昭和二十一年七月の終わりである。

ここで一週間の碇泊をすることになった。やっと上陸のチャンスがきたのだ。執念の糸を手繰って、ついにたどり着いた思いである。

船はジョホール水道を通過して、セレター軍港沖に投錨した。ここは、昭南島の主要停車場シンガポール駅とは正反対の位置にあたる。

船長の好意で内火艇を出してもらい、セレター河口に所在する海軍捕虜統括司令部を訪れた。この施設は陸海軍の復員管理事務所も兼ねている、と聞いたからである。

熱帯特有の乾燥した空気のおかげで、戸外は三〇度を越す暑さでも、室内は意外に涼しく、窓も開けっ放しだ。一〇間×一二間くらいの室内では、一〇名前後の男女が仕事中であった。いずれも背中に、PW（Prisoner of War）と書かれた、灰色の囚人服を着せられている。そのわりには捕虜の暗さはない。

受付の若い女性は、背の高い、痩せぎすの美人であった。もっとも、ながい海上生活で、女性に接する機会がなかったので、魅力的に見えたのかもしれぬ。

鐘田機関長の助言で、白の海軍防暑服に階級章を付けていったため、すぐ復員船の者とわかったらしく、待たされることなく、統括司令官の伊藤少将に会わせてくれた。

相手が海軍少将と聞き、やや臆《おく》したが、会ってみると、一見古武士風だが、山羊鬚の、如才ない五十前後の好々爺だ。

話題は主に内地の状態である。話しているうちに、いつの間にか、周囲に人の垣根ができた。持って来た何日か前の新聞を取り出すと、たちまち四方八方から手が出て、引ったくってゆく。予想外に内地の情報に飢えていると見える。

一段落したところで、捕虜になって抑留されていると思われる兄の消息を質《ただ》すと、少将は当惑した顔になった。

「われわれは今、捕虜の立場にある。棚から落ちたダルマ同然だ……。手も足も出ない」

彼は自嘲の笑みを浮かべる。

「それに……」と言葉を続けた。

「内地の人間が肉親の捕虜を捜しにきた、という話は今まで聞いたことがない。もしものことがあったらどうする？　悪くすると、君だって収容所に入れられるかもしれんぞ……その上、ここは主に海軍捕虜の労務計画や衣食住の管理が仕事で、捕虜の送還についても、日時と人員を一週間前に知らされるだけで、陸軍捕虜の動静については皆目不明だ。したがって、残念ながらお役に立てそうもない……」

司令官は気の毒そうな顔である。

結局、初日は収穫らしいものはなかった。ただ帰りがけに、

「ここから東南にあたるポンゴール地区に、大きな海軍ＰＷ（捕虜）収容所があるから、一度訪ねてみたらどうか……」

と言ってくれた。

その収容所には医務室があり、若い軍医が二、三人常駐しているはず、というのである。

（ひょっとすると、青島時代の同期の戦友に会えるかもしれぬ）

か細いながら、手がかりらしい物を捉え、胸の中に微かな希望の灯が点《とも》った。

ポンゴール収容所

すぐに兄の居場所がわかるとは、はじめから思ってはいなかったが、当初予想していたほど容易ではなさそうである。考えてみれば、戦時中昭南島にいた、というだけで万里を越えて兄を捜しに来るなど〈雲をつかむような話〉だ。戦犯として別の土地に移されている可能性だってある。いささか無謀だったかもしれぬ。

船に帰って、今までの経過を皆に話していると、船長がキャビンから降りてきた。

「悲観的になってはいかんな……大体、はじめからうまくゆくほうがおかしい。幸い、本船は今回は陸サンを一五〇人乗せることになり、停泊も一〇日間に延長された。時間はタップリある。あくまで希望を捨てずに捜すことだ。わしもできるだけ協力するよ……」

岩波船長の言葉に励まされ、翌日、ポンゴール収容所に向かう。南国の強い陽射しを反射して、フライパンの底をあぶったような、熱いアスファルトの路を、汗を拭き拭き、目的のキャンプに着く。途中は特に占領軍の警備もなく、物静かであった。

「ポンゴール・マレー・カンポン収容所」は、捕虜司令部から直線にして東に約四キロ、同名岬にある浮桟橋から、歩いて五分くらいのところにある。

キャンプには、日本の小学校に似た、二階建ての家屋が二列に並んで、六棟建っていた。ほとんど人気がなかったが、正門から五〇メートルほど歩いたところで、三十歳前後の元下士官らしい人物に出くわした。軍医の所在をきくと、

「ここには、約一五〇〇名の海軍将兵が収容されていて、軍医は三名おります。医官は労務を免除されているので、医務室に行けば会えるはずです」

と言う。医務室はその建物の二階、東側の外れにあった。

部屋をノックすると内から声があった。

「鍵はかかってないぞ、勝手に入ってくれ!」

大声である。

「では勝手に入るぞ!」

負けずに、こちらも怒鳴った。

戸を開けると、ランニングシャツに半ズボンの男が二人、向き合って花札の真っ最中だ。

室内には、煙草の煙と鼻腔を突き刺すような異臭が充満していた。

部屋は八畳ほどの広さで、畳の代わりにアンペラが敷いてある。

入ってきた私の姿を見て、彼らは真昼の幽霊を見たような顔になった。ＰＷキャンプの中に、突然、正規服装の海軍士官が現われたのだから無理はない。

右側の人物は大柄、丸顔で愛嬌があった。眉が太い。左側のは中肉で痩せぎすだが、ごつい顔だ。二人とも頭は丸刈りである。

部屋の片隅に、ＰＷ服と灰色の略帽が二組ブラ下がっていた。もう一人の軍医は今巡回診療に出ていて不在という。語り合ってすぐに、青島で、ともに扱《しご》かれた同期とわかり、たちまち意気投合した。こうなると話が早い。

大柄のほうが八分隊にいた乗崎中尉、中柄のが九分隊の神嶋大尉と名乗る。私の訪問理由をきくと言下に応諾した。

「いい話を聞いた。俺たちもできるかぎり力になるぞ」

早々に手を打ってみる、という。

「軍医はこれでも結構顔が利く。やれるだけやってみようじゃないか。まあ任せろ」

神嶋大尉は隣の乗崎中尉と頷き合うと、ドンと胸を叩いて見せた。海軍士官のモットーはSure（確実）、Speedy（迅速）、Smart（スマート）のスリーSだ。

彼らの決断力と行動力は十分信頼できる。私ははじめて力強い味方を得た思いがした。

重巡「高雄」

神嶋大尉が計画を立て、乗崎中尉が実行することに話がまとまった。

「この地区隊から毎日作業隊が出る。大部分がつまらぬ土木工事で、一部が山林を切り開いて農地を作っている。時には、陸軍の労務隊と一緒に仕事することもあるというから、そのあたりから情報を集めてみよう。とにかく三日間だけ待ってくれ」

神嶋は二、三の心当たりがあるらしく、自信ありそうだ。私にはまったく探索の方途はない。万事を任せ、再会を約して帰途についた。

信頼できる友と語ったことで、心の鬱屈《うっくつ》が多少とも取れ、足取りも軽く、夕暮れ近く帰船する。その夜は熱帯の暑苦しさを感ずる暇もなく、眠りについた。

セレター軍港には、各種の船が碇泊している。特に目立つのが、重巡「妙高」「高雄」の二隻であった。両艦はマリアナ沖海戦に参加し、ともに基準排水量一万三四〇〇トン、水偵（水上偵察機）三機を搭載し、最高速力は三四ノット（時速六三キロ）である。

昭和十九年十二月、「妙高」はサイゴンの南西海域において米潜水艦の攻撃を受け、大破し、シンガポールで航行不能になった。

昭和二十年七月三十一日、「高雄」は昭南港在泊中、英国潜水艦の攻撃を受けたが、港の水深が浅かったため、沈没を免れ、そのまま終戦を迎えた。

港内には、ほかにもLS艇や揚陸艇、その他大小の舟艇が、随所に無人のまま置き捨てられている。そのうち半数は、何らかの損傷を受けていた。

神嶋大尉らが約束した日まで、まだ二日あった。それまで私にはすることはない。

翌払暁、暇潰しに機関長、航海長らと港内の無人船探検に出かけることにした。

早朝のためか、湾内には動くものはなく、波も静かである。爽やかな潮の匂いの中を、内火艇は滑らかに水を切ってゆく。

「高雄」の繋がれているブイのあたりを、悠々と泳いでいる者がいた。かなり達者な泳ぎ方だ。突然、鐘田機関長が両手でメガホンを作って叫んだ。

「鮫がそばにいるぞ。気を付けろ」

もちろん本気ではなく、揶揄《からか》ったのだ。周囲に何もいないのは確かめてある。人の悪い奴だ。泳いでいた男は、くるっとこちらを向くと片手で顔を撫で、ニヤッとして見せた。

「馬鹿を言え、サメは港外にはいるが、ここにはいない。俺は毎日泳いでいるからよく知っている。威《おど》かしても無駄だ」

内火艇に引き上げられると、男は健康のため毎朝水泳することにしている、と語った。

彼は港内艦艇の保安を任されている、大高という海軍上等兵曹であった。戦時中はこの重巡「高雄」に乗り組んでいたという。

私が間近に「高雄」「妙高」を見たのは、この日が最後であった。旬日後、両艦は連合軍の手により、マラッカ海の底深く沈められた。

帝国海軍の誇る重巡艦隊の花形は、ついに故国に帰還することなく、永遠に姿を消したのである。

無人船探訪

重巡洋艦「妙高」は、昭和三年に完成し、基準排水量一万三三七八トン、速度、強度、復元性に優れ、当時、諸外国の一万トン級重巡中の白眉であった。

速力三五ノット、サンゴ海海戦、ミッドウェー作戦、南太平洋作戦、ブーゲンビル島沖海戦、マリアナ沖海戦等、数々の戦いに参加している。

昭和十九年十二月十三日、サイゴン南西方面で潜水艦の攻撃を受け大破、シンガポールにおいて、ついに航行不能になった。

艦首から艦尾にかけて優雅な造型美を誇る「海の騎士」が、傷ついたまま、寂然と佇む様は、あたかも怪我をした白鳥が身を休めるに似て、ひときわ痛ましく見える。

私たちは大高上曹の案内で、港内に停泊する無人船を探訪することになった。

「あそこに、少し斜めになって擱坐しているのが重巡『高雄』です。昭和二十年七月三十一日、英国の豆潜水艦XE3号の攻撃を受け、ここへ逃げ込み、そのまま終戦になりました。中には誰もいません」

彼はその「高雄」の掌砲術長であった。現在は捕虜として、五人ほどで編成された、港内艦艇の保安班長をしているという。

次に立ち寄ったのは、LS艇である。これは米軍の人員、資材の運搬船だ。一見して無傷とわかる。乗船して中を見学することにした。

船の通路には照明がなく、芝居小屋の舞台裏を歩いているような薄気味悪い感じだ。

「船内はほとんど空です。終戦後間もなく、付近の住民に、目ぼしいものは洗いざらい持って行かれました。缶詰一つ残さずに……です」

大高班長は未練気に舌打ちした。

船内を点検して気がついたのは、すべての配線が、能率的に行なわれていることと、通路に隔壁がないことである。

日本の船舶では、電線は天井に張りついていて、五〇センチくらいごとに、リベットで固定されているが、この船では、電線は、約一〇メートル間隔で天井から下がったフックに無造作にかけられているだけだ。固定されてないから、一方の線を切断しておいて、他方を手繰ると、ズルズルと電線が手元に引き寄せられる寸法だ。

これなら艤装の手間も省けるわけで、いかにもアメリカ人的発想と感心した。また、隔壁がないから、船尾から船首まで、足元に気を取られず走り抜けられて、作業しやすく、合理的である。

「はじめは、少しは役に立つ物が残っているか、と期待したものです。米軍は用がなくなると、後片付けする手間よりも、速やかに放置、撤退する方法を選びましたからね……」

言いながら彼は放屁した。無作法な奴だ。昔なら一発噛ませるところだ。

医務室らしい所に来た。扉の横に担架が立てかけてある。中を見ようと、取っ手を引くと、ザラザラという音とともに、無数のアンプルが流れ出してきた。

手に取ると「Opium××」と書いてあるものが、かなりの割合で混じっている。つまり、モルヒネの注射薬であった。米軍は医療の際、普通薬と同じ感覚で麻薬を使用していたらしい。

「自分も、よく見て回りましたが、肝腎の食糧はなく、残っていたのは電線や医薬品ばかりで、ガッカリでした。注射薬など、われわれには猫に小判ですから……」

大高上曹は残念そうな顔である。

（ここでは大した物でなくても、内地へ持って帰れば、ひと財産になる……）

例によって、私はあさましく胸算用した。

（明日は早目に来て、よく捜してみよう。ほかにも何かいい物があるかもしれん……）

鉄の関門

ここでは価値のない電線も、戦後の日本では貴重品だ。医薬品は一般人にとって聖域だったらしく、医療器具から包帯まで、ほとんど手付かずに残っていた。

船の中に残っているのは、現地人も見向かなかった。いわば捨てたゴミなのだ。ただのゴミなら拾ってもバチは当たるまい。

われわれは、ここにおいて「ゴミ拾い」に変身した。別の言葉でいえばチャチな泥的だ。もっとも、私には「設営隊・残留隊」時代の経験がある。この種の仕事はお手のものであった。とりあえず、簡単に取れる電線をいただくことにし、

（明日は船長の許可を得て、内火艇を出してもらい、本格的に搔っ払ってやろう）

と、希望に胸を膨らませて、ホクソ笑みながら帰船する。

ハズと褌は向こうから外れる、というが、物事は順調にいかぬもので、思惑は見事に外れた。

話を聞いて、見学（盗み？）希望者が多くなり過ぎ、私は搭乗人員から除かれてしまったのだ。一山あてる目論見は、あえなく潰《つい》えてしまった。

待っていた神嶋大尉らとの約束の三日目がきた。朝食もそこそこに、ポンゴール収容所に出発する。

キャンプでは、乗崎中尉が待ち構えていた。

「君の兄上の消息はまだわからないが、神嶋大尉の調べで、陸軍将校団の所在は判明した。そこへ行けば何かわかるはずだ。トラックを用意したから、すぐ出発しよう……」

今日の彼は、ＰＷ服に襟章を付け、海軍略帽を被っている。

車はいすゞの二トン半トラック、左ハンドルである。かなり老朽化していて、廃車寸前に見えた。これでは、無事目的地に到着できるか、少々心細い気分だ。

出発する時、乗崎は赤十字の腕章を私に手渡した。

「ここでは階級章と、この腕章が威力を発揮する。まあ見ていろ……今にわかる」

運転は衛生科の山上一曹、その隣に乗崎、私は一番外側の右窓際に座る。やがて、車はガタンガタンと身震いして動き出した。走り出すと、思ったより元気がいい。

陸軍将校団の居所はセラングーンという高地にあるという話だ。早ければ一時間くらいで着く、と聞いたが、道路が悪い上、市内には至るところに鉄格子の関門があって意外に手間取る。結局、目的の高地まで二時間ほどかかった。

関門は市街地では、五〇〇メートルくらいごとに設けられ、黒人兵二名が自動ライフルで警備していて、重々しい雰囲気だ。車が近づくと、兵士の一人が片手を上げて「トマレ」の合図をした。

乗崎が傍らで耳打ちする。

「貴様は捕虜ではない、日本の海軍士官だ。堂々と行け、そら……モタモタするな！」

隣から横腹をつつかれ、私は引きつった声を絞り出した。

「オ、オープン……ザ、ドア……」

銃を構えた黒人兵を前にしては、怯えが先に立つ。すらすらと言葉が出てこない。途端に横からがなったのは、乗崎中尉だ。私の肩越しに赤十字の腕章を指さしながら喚く。

「シャラップ！　オープン・ゲート、メーク・ウェイ、ウイ・ネービーサージャン、ハリアップ！（コラッ、門を開けて、車を通せ、こちらは海軍軍医だ。急げ！）」

すると反射的に、黒人兵は踵を引き、直立不動の姿勢をとると捧げ銃をした。同時に鉄扉がゆっくり開く。私はホッとして、右手を挙げて答礼した。

車はゆっくりゲートを通り抜ける。乗崎中尉がニヤッとウインクを送ってよこした。

「どうだ、うまくいったろう……今のはオーストラリア軍の伍長だ。われわれに敬意を払ったのさ……」

中尉の階級章と赤十字の腕章は、正しく絶妙の通行手形であった。黒人兵士が銃を下ろし、白い歯を見せ、ヒラヒラと手を振って挨拶を送っているのが、バックミラーに映った。

陸軍キャンプ

黒人兵の態度は、上官に対するそれと同じように見えた。

「驚いた……、これでは、どっちが捕虜かわからんな……」

私が言うと、乗崎中尉は複雑な笑みを浮かべる。

「彼らは、同じ有色人種ということで、日本人に親近感を持っている。それに、われわれは世界を相手に、ここまで頑張ったんだ……。むしろ一目置いているといってもいいだろう。もう一つ、この〈赤十字〉には博愛と自由の精神が籠っている。中立の意味もある。だから、ここでは、この腕章が結構ものをいうのさ……」

検問所は街内の各地（主に十字路）に設けられ、私たちの通過しただけでも五、六個所はあった。街全体では何十個所にもなるに違いない。鉄扉の検問所を通過するのは、あまり気分のいいものではなかった。背後で、鉄格子が重々しく軋みながら閉められるのを見ると、このまま監禁されそうな感じがして、不安になる。

やがて、車は街を通り抜け、緑の濃い山中に入った。このあたりから陸軍捕虜の区域になる。羊腸《ようちょう》の山道の片側は断崖になっていて、緊張が続く。しばらく、曲折した勾配を飛ばすうちに突然、視界が開け、山裾に沿ってテントの集落が眼に入った。

家屋らしい建物はなく、二人用、三人用の小さな三角天幕が無数に展開している。風雨に晒され、白っぽくなったテントが、一面に点在する様は、さながら秋吉台のカルスト地域に似た風景であった。往き来する兵士は、いずれも薄汚れたヨレヨレの軍服姿だ。もちろんその中身も貧弱であった。PW服は海軍にだけ支給されているらしい。

前方の小高い丘に、一筋の白煙がまっすぐ立ち昇り、紺碧の空に溶け込んでいた。

「あの丘がセラングーンです。煙の見えるあたりが本部かも知れません」

運転の山上一曹が顎をしゃくる。

彼の推測したとおり、将校宿舎はその段丘の一角にあった。そこは広さ二〇畳くらいの中型天幕で、当直の若い少尉が、一人で留守番していた。

ここではじめて、陸軍軍医団の消息を耳にした。彼らはチャンギー刑務所の北三キロのタンピネス高地にいるはずだ、という。

せっかく来たのだからぜひ一泊するように、と再三勧められ、一晩泊まることになった。少尉の本心は、この機会に内地の情勢を聞くことにあったようだ。

夕食後、集まって来た将校たちと、ひとしきり懇談した後、消灯(午後九時)までの一刻を、乗崎らとともにキャンプの見学にあてる。少尉は、案内に中年の曹長をつけてくれた。

ここには電灯はない。仄かなカーバイト灯の下で、兵士たちはわりに屈託なく、夕食後の自由時間を楽しんでいるように見えた。

煙草の空箱を飯粒で貼り固めて作った駒で、将棋に熱中する組あり、スマートボール大くらいの赤球と白球を使って、樫の木のキューで小型のビリヤードに興じている一群もいる。

正規の服装と、PW服の海軍士官が、連れだって歩いているのを見て、陸軍兵士たちは一様に好奇な視線を向けてきた。なかには、わざわざそばに寄ってきて話しかける者もいる。

キャンプの中央に、幼稚園の庭くらいの広場があり、片隅に芝居小屋が建てられていた。月二回の割りで野外演劇が行なわれる、という。

「二ヵ月に一回は〈金色夜叉〉が出ます。『来年の今月今夜、再来年の今月今夜、きっと、俺の涙であの月を曇らせて見せる』というあれです。これが一番人気があります……」

案内の陸軍曹長は、声色をまじえて説明して見せた。女形《おやま》は特に人気があり、差し入れが多いので、「お宮」になり手が多くて困る、という話だ。

その夜は来客用の四柱天幕で寝に就いた。

邂逅《めぐりあい》

小鳥の啼声とともに朝を迎える。先任将校に一夜の礼を述べ、一揖《いちゆう》しキャンプを出た。この地区には軍医はおらず、週一回、軍医団から巡回診療班が派遣されて来るという。

軍医たちのいる「タンピネス収容所」は、元飛行場の近くにあるから、その発着・監視塔を目標にして行けばすぐわかる、と教えられた。再び凸凹道をたどる。

直線距離で約五キロと聞いたが、ここも悪路続きで、予定以上に時間がかかった。人影のない、薄暗いジャングル地帯を走っていると、地図がないだけに不安が付きまとう。

それらしい区画に行き着いたのは、正午近くであった。

道路から五〇メートルほど奥まったところに、鉄柵で頑丈に囲まれた一画があり、ここでも黒人兵が二人、自動小銃を抱えて警備している。両名とも赤褐色の口髭を生やしていた。

表門にはデカデカと、英語と日本語で「立入禁止」の札がかかっている。昨日泊まった開放的なテント村から見ると、刑務所の感じだ。

車を降り、例のごとく、黒人兵の捧げ銃の礼を受け、門を潜る。向かって右手に、建坪にして一五坪くらいの丸太小屋が見えた。そこが軍医連中の宿舎のようだ。

踏み固めて作った、と思える小路を歩いて行くと、左手から将校らしい人物が、部下の兵二名を率いて、こちらに歩いて来るところである。

週番将校の標《しるし》に、肩から斜めに、赤白の筋の入った襷《たすき》をかけていた。星のない、緑地に黄筋の肩章から、軍医科の見習士官とわかった。ここでも律儀に軍制が守られていると見える。

彼は、見慣れない風采をした私たち一行を見て、怪しむように立ち止まってこちらを見た。姿、形は変わり、頬もやや痩《こ》けていたが、その仕草は、

(兄貴だ……間違いなく捜していた兄だ!)

直感が告げる。電流のようなものが私の身体を貫いて走った。その将校も、私を認めると、珍しい骨董品を見た時のように、二、三度、眼を瞬《しばた》いている。

「…………?」

咄嗟に声が出ない。

何か言わなければ……、と口を開こうとしたとき、耳許で不意に怒号が飛んだ。

「こら! そこの兵隊、敬礼せんか。こちらは加畑海軍中尉だ!」

何も知らぬ乗崎中尉が怒鳴ったのである。弾かれたように、二人の陸軍兵は顎を引き、踵を揃えて挙手の礼をした。一拍子遅れて兄も敬礼する。ポカンと口を開けたまま……。動転

したのは私だ。

「オイオイ、やめろ……やめてくれ！　あれは俺の兄貴だ！」

悲鳴に近い声で彼を制したが、もう間に合わない。一瞬、兄の顔が歪んだ。兄と私は九歳も年が違う。私と違って頭もよい。彼は小柄ながら柔道の黒帯で、私は小学生時代、練習台によく投げ飛ばされたものだ。もちろん、立ち向かっても勝てる相手ではない。図らずも異境の地で、愚弟はその賢兄に先に挨拶させ、チョッピリ優越感を味わったのである。往年の江戸の仇を昭南島でとったわけだ。

「豊じゃないか！　お前も捕虜になっていたのか？　そんな服を着ててもいいのか……？」

兄には事態がトンと呑み込めないようであった。当然だ。兄の行方を捜して、弟がはるばる復員船に乗って来た、などと想像できるはずがない。

ひとまず、われわれ一行は、将校宿舎に当てられているマルタ小屋に案内された。この収容所には、軍医が一二名、下士官、兵六名が居住している、という。

壁はベニヤ板、床はアンペラ張りの、粗末な掘っ立て小屋だったが、他の捕虜のテント生活から比べれば、よっぽどましである。いうならば、宮殿と乞食小屋の差である。

軍医団の長は沢田少佐といった。収容所の連中は、どこでも内地の情報に飢えている。矢継ぎ早の質問に、答えるのが精一杯で、なかなか兄と話すチャンスがこない。

午後一時頃、遅い昼食（早い夕食？）が始まった。ここでは海軍士官の姿を見るのは、はじめてとあって、賓客扱いだ。

私と乗崎中尉は、沢田団長の隣に座らされた。捕虜になっても、軍の序列は厳守されていて、見習士官の兄の席は、コの字型に並べられた食卓の末席である。

出された食事は、海上生活の私から見ても、大分貧弱であった。主食は、大型乾パン二個、それに副食として、薄いスマシ汁と漬物が添えてあるだけだ。そのかわり、食後のデザートはわりに豊富であった。バナナ、マンゴスチン、パパイヤなどが一個ずつ手渡される。

後で聞いたところでは、収容所開設以来の大御馳走だったようだ。普段は午前十時と午後三時の一日二食で、一回の食事は乾パン二個とスープ一杯のみだという。

食事の合い間に、かねての疑問を質してみた。

「昨日泊まった陸軍キャンプは、占領軍の監視も外柵もなく、開放的だったのに、何故ここだけが仰々しく柵に囲まれ、黒人兵が警備しているのですか?」

少佐は答える。

「われわれが、この収容所に入ったばかりの頃、付近住民から猛烈な反対があり、住居を襲撃されたことがあった……、あの頃はどこも殺気立っていたからな……」

占領軍が、住民の土地を強制的に借り上げ、捕虜収容所にしたため、日本兵を恨んだらしい。文句があるなら占領軍に言えばよいのに……。筋の通らぬ話だが、戦争に負けると、こんなものかも知らぬ。

他のキャンプでも、同様な騒ぎがあったというが、いずれも収容された日本兵のほうが住民より大勢だったため、深刻な問題にはならなかったようだ。

軍医団は少人数のため、無抵抗で小屋を破壊された。以後、この収容所の周りは頑丈な鉄条網で仕切られ、黒人兵の門番がつくようになった、という。

食事がすむと、またひとしきり雑談が弾んだ。陸軍の軍医たちにとって、はるばる海を渡って、弟が捕虜の兄を捜しに来るなど、とうてい信じられぬ話に違いない。話の主役はもっぱら私だ。

座談が途切れたのを見計らったように、乗崎中尉が沢田団長に提案した。

「舎弟が遠い日本から、青い鳥を捜して、わざわざ昭南島くんだりまでやってきたのです。今晩一晩だけでも、一緒に船に泊まらせてくれんですか。兄さんの身柄は、私が責任をもって、無事にここまでお届けします……」

少佐は即座に賛成してくれた。

「いいとも、いや、そのまま日本に帰ったらどうかな……、一人くらいいなくなっても、何とか胡麻化して見せるから安心したまえ」

不意に脱走という言葉が、脳の一隅から浮かび上がってきた。

一九二九年のジュネーブ条約（捕虜の待遇に関するジュネーブ条約）では、

〈戦争の際、敵に捕らえられた場合、軍事的理由で自由を拘束される者を捕虜〉

と決められている。シンガポールの将兵は、直接敵と干戈《かんか》を交えることなく、〈戦争終了後〉身柄を拘束された。してみると、本当の意味の「捕虜」ではないはずだ。

（今、兄を連れて帰っても、脱走の罪にはならないのではないか……？）

少々こじつけの気味があるが、この際、もっともらしく思えた。

沢田少佐の好意で、兄は一晩船に泊まるのを許可された。

団長と別れの握手を交わし、一礼してトラックに乗り込む。私は来た時と同じく助手席の右窓際に、兄は運転の山上一曹と私に挟まれて座った。乗崎は荷台に乗る。

山岳地帯から街に入ると、再び黒人兵の警備する鉄柵の関門を通過することになる。鉄格子のゲートは何回通り抜けても、心地が悪い。しかし、私にとっては、関門を潜り抜けるたびに、船に近づくので解放感が高まった。反対に兄の血色は次第に悪くなる。

「オイ、こんなことをして大丈夫か……見つかって占領軍に捕まるなんてことはないだろうな、また刑務所暮らしなんて願い下げだぞ……」

キャンプから遠ざかるにつれ、心細くなったらしい。

「大丈夫、乗崎中尉が責任をもって、また元の収容所へ送り届ける、と言っているじゃないですか……それとも、いっそ、このまま内地へ帰りますか？　沢田団長もオーケイしてくれたことだし……」

反比例して、私のほうはますます元気になった。やがて懐かしの「早崎丸」に着く。船では全員が甲板に出てきて、拍手で迎えてくれた。こういう時の船乗りの友情には、いつもジーンとくる。その晩は、機関長差し入れの日本酒を酌み交わし、一夜語り明かした。

話題は家族に始まり、内地事情に及ぶ。ひととおり終わると、話は捕虜生活に移った。兄は終戦後、一時期、チャンギー刑務所に放り込まれ、毎日を死に怯えて過ごしたことがある。その折の恐怖の体験を語り終えると、一転してキャンプの話に戻った。

「俺たちのキャンプの周りの囲いをみたか？」彼は私に眼を向ける。

「かなり頑丈だったね……まるで猛獣を押し込める檻だな。何もそんなに警戒しなくてもよいと思うが……」

自動ライフルを抱えた、門番の黒人兵の顔を思い出した。

「表は頑丈だが、裏は一部破られている。付近の住民が壊したのさ、親善のためにな……」

ある夜、裏の柵で、大声で男が泣き喚《わめ》いていた。当直の兵隊が片言の現地語で聞いてみると、どうやら、この男の女房が難産で死にかかっているらしい。

軍医の宿舎へこの旨急報が届いた。しかし、あいにく産婦人科の専門医はいない。ほとんどが外科と内科で、他は眼科と耳鼻科が各一名であった。

原住民から見れば、専門の区別なぞわからない。医者なら誰でも何でも治せると思っているようだ。一同、頭をよせて相談したが、名案は浮かばない。

診て、助かればよいが、もし運悪く死んだりすれば、かえって住民の不信を買ってしまう。かといって、放置するわけにもいかない。

「そこで俺が行くことになった。他の連中はチョンガーだが、俺は自分の子供を取り上げた経験がある。失敗したら、この頭を坊主のように剃るつもりで引き受けた……」

階級は下でも、沢田少佐を除けば、兄は他の軍医より年齢も経験も上だ。簡単な手術の用意をし、内科の少尉と外科の中尉を助手に、その家に出かけた。

行ってみると、大したことはなく、単なる分娩第二期の娩出期の伸展不良である。

「結局そこを小切開しただけで、うまくいったというわけだ……以来、俺は一躍お産の名医になった。今日の食後のデザートも、その住民らの差し入れなんだぞ……」

彼はちょっと得意そうな顔になった。

その後、住民たちはお産ばかりでなく、普通の病気も診てもらいにくるようになり、いつの間にか裏の柵はこわされ、警備兵黙認の出入口ができた、という。

話は尽きず、寝に就いた時には、もう夜は灰かに明けかかっていた。

レーション

翌朝、かねて貯めて置いたレーションや日用品などを持たせ、兄をポンゴール収容所に送った。そこから先は乗崎中尉が引き受けてくれるはずだ。

レーションとは、連合軍の携帯口糧である。A、B、Kの三種類あり、いずれも三日分が薄緑色の缶に納められていた。

Aレーションは米軍用で、中には板チョコ、クッキー、チューインガム、ビスケット、コンビーフの缶詰、粉末スープなどが入っている。

Bレーションは英軍、豪軍用で、内容はほぼAレーションと似たようなものであった。どちらもわれわれの感覚では、食糧というより菓子に近い。

Kレーションは、主に黒人兵用と聞いたが、中身はセロハン紙の袋に入った生米が二袋、それに食塩、鮭缶、固形葡萄糖、乾燥ソースなどが収められ、比較的質素なものだ。

復員船には、これらのレーションが非常用に用意されていて、私たちは一航海ごとに若干の特配を受けた。A、Bのレーションは航海中の甘味の補給に、Kレーションは内地への土産用に、取っておくのである。兄はレーションを見たのははじめてらしく、キャンプの連中にいい土産ができた、と喜んでいた。

昨晩は口をすっぱくして脱走を勧めたが、ついに彼は承諾しなかった。生噛りの「ジュネーブ捕虜取扱条約」まで持ち出して説得したが、まったく問題にしない。

「俺がいなくなったら、残ったものが迷惑を被る。そうなれば、内地に帰ってからも、ずっと心に重い十字架を背負っていかねばならん、違うか……？　俺は行かんぞ！」

の一点張りである。そう言われては返す言葉はない。

「そりゃまあ、そうだけど……」

煮え切れない相槌を打つ。私だって、脱走幇助の罪に問われるかも知れないのだ。

お互いに話は尽きず、全部を語るにはあまりにも短い一夜であった。しかし、兄は私に会ったことで、望郷の念が一遍にふっ切れたらしく、晴れ晴れとした顔で別れを告げた。

「乗りかかった船だが、乗らずに、もうしばらく単身赴任を続けるよ……」

別れの握手をする彼の手は、痩せてはいたが、意外に暖かく感じられた。私の突然の出現は、望みのない抑留生活に、刹那きらめいた唯一筋の陽光であったかもしれない。

その日の夕刻、乗崎中尉から、無事兄をタンピネスのキャンプに送り届けた、という連絡が入り、ひとまず安心した。同期の桜とはありがたいものだ。

兄が内地に帰還したのは、それから約一〇ヵ月後の昭和二十二年五月である。あの収容所で、九歳年下の弟に、踵を鳴らして挙手をした体験は、誇り高き彼にとって、苦い思い出であったに違いない。今でも、その時の話をすると、渋い顔になる。

それでも私は、昔、柔道でよく投げられたお返しに、折に触れて、昭南島に行った時の苦労話をしてやることにしている。もちろん、多少の脚色を加えて、出会いの瞬間を再現させ、彼の反応を見てやるのだ。にもかかわらず、彼が強いて無関心の態度をとる時は、「あの時は、急いで僕に敬礼したっけな、こんなふうにさ……」と、パックリロをあけ、陸軍式敬礼のゼスチャーをして見せると、渋々降参した。「あの時は、まさかお前とは思わず、敬礼してから気がついて、しまったと思ったよ。相手がニターと笑ったので、すぐわかったさ……とにかく、よく来てくれた。感謝してる」

彼はやっと頭を下げる。

これくらいの見返りがなければ、わざわざ遠いシンガポールまで、物好きに、危険を冒して会いに行った甲斐がないではないか。私はこれで案外、意地が悪いのである。

最後の航海

念願の兄と再会し、初期の目的を達すると、身体の中の重しが取れて、精神的に楽になったが、同時に焦点を失って、一種の虚脱状態に陥った。現金なものだ。

その後も、ラングーン、バンコク、クアラルンプールなど、港々に立ち寄り、復員兵を内地へ運んだが、市街への上陸はほとんど許可されず、外国旅行という気は全然しない。

久しぶりに内地に帰っても、検疫や消毒などで港外に碇泊する日が多く、退屈な毎日が続いた。引揚者の数も少しずつ減ってきている。「早崎丸」の復員業務も、そろそろ終わりの時期が近づいてきたようだ。

昭和二十一年十一月の葫蘆《コロ》島行きが、私たちの最後の航海になった。コロ島へはすでに二回ほど往復しているが、行くたびに引揚者の服装や所持品はよくなっている。はじめの頃は、いずれも着のみ着のままで、所持品も少なく、女性は老人から幼い子供まで、例外なく丸刈りだったが、この回になると、坊主頭は若い娘だけに限られてきた。顔色も、皆驚くほどよくなっている。病人の姿も見かけない。乗組員たちも、この航海が終われば、皆別れ別れになると思うせいか、落ち着かない様子だ。

そのうち、誰いうとなく、帰還者歓迎の演芸会をやろう、という話が持ち上がった。船員たちの内心には、(自分たちの送別会を兼ねて)の気持ちも込められているらしい。

彼らの中には、意外に芸達者のものが多く、たちまち、出し物と顔触れが決まった。引揚者からも、五人ほど名乗りがあがった。

医務主任の川井上曹が、こういうことには熱心である。これがラストチャンスだからと、私も無理に誘われて、結局、医務科全員で寸劇をすることになった。

脚本は私に任せるという。急に言われても、気の利いたストーリーが浮かぶはずはない。したがって筋書きは、支離滅裂なものになった。

鉢巻した患者が、私の扮するチョビ髭の医師に頭痛を訴えて来る。ドクターは聴診器を患者の頭頂に当て、もっともらしい顔できく。

「今朝は何を食ったか?」

「カニです、タラバガニです」

途端に医師は眼を剝いて怒鳴る。

「何々? タラバガニだと……? あれはカニではないぞ。足が六本だから、昆虫だ。つまり、クモの一種だ、お前はクモを食って、それでテンカンになったのだ。クモの毒にはこれが一番効く！」

待機していた看護夫たちが、逃げ回る患者を取り押さえると、舞台の上手から予防衣にマスクをした、川井上曹の扮する大男が、ＤＤＴ（殺虫剤）の噴霧器をもって現われ、白い粉末を患者の頭から盛大に振りかける。

粉塗《まみ》れになった患者は、ワッといって後方にひっくり返るが、たちまち起き上がり、

「俺はテンカンではない。毒ガスは嫌いだ。もう戦争は終わったのだ！」

と叫びながら下手に逃げる……。

観客の帰還者たちは、船が内地に入港するや、真っ先に、この白い粉の洗礼が待ち受けている、とも知らず、無邪気に拍手を送っていた。

おしまいに、引揚者の、櫂を漕ぐ動作をしながらシミジミ歌った「博多夜曲」が見事に幕切れを飾る。後でこの人は、大分の温泉地に帰る耳鼻科の先生とわかった。

紅《くれない》の夕陽を浴びて、「早崎丸」はほどなく博多港に帰投しようとしている。

黄金色に染められた航跡は一本の筋を引いて、あたかも波乱に富む前途を暗示するかのごとく、激しく渦巻いていた。

昭和二十一年十二月五日付で召集を解除され、私の短くて、長い旅は終わった。

内地はちょうど冬の真っ只中だ。人びとはインフレの波に揉まれ、喘いでいた。生きるための戦いがこれから始まる。

おわりに

平成三年の十二月八日は、日米開戦から五〇年目に当たるということで、どのテレビも太平洋戦争をテーマにした番組の大洪水であった。もちろん、新聞とて例外ではない。

真珠湾攻撃に始まって、ミッドウェー海戦、マリアナ沖海戦、サイパン島玉砕、沖縄の陥落、東京大空襲、そして終戦、戦後の混乱、鈴なりの帰還者を乗せて入港する復員船、闇市の氾濫等々、生々しい画像が、つぎつぎにテレビに写し出された。

雨のように降り注ぐ爆撃下を、白い航跡を引きながら、蛇行回避を続ける艦艇の姿が映っている。マリアナ沖海戦の場面だ。

この海戦に参加した空母九隻のうち、終戦時残存した艦は「隼鷹」「龍鳳」の二隻だけであった。実質上の海戦はここで終わったといってよい。

空母「隼鷹」を退艦後、私は「三〇一四設営隊」に配属された。いわば表舞台から裏舞台にまわされたようなものだ。そして、ここで終戦を迎えた。

戦後、日本全土は砂漠と化し、人心もまた荒廃の極に達した。就職の当てもないまま、隊に居残り、果ては、こともあろうに土方人足までするハメに陥る。

「残留・人足隊」解散の後、故郷伊豆で、ひたすら逼塞《ひっそく》の刻を過ごすうち、幸いに「復員船」に乗る機会を得、主として南方地域の帰還業務に携わった。

数次の航海の後、シンガポールに寄港し、PWになっていた同期の軍医の助けで、念願の実兄に逢うこともできた。むろんパスポートなどはなく、税関も通らずに……である。

どさくさに紛れてとはいえ、よくやれたものだ。辛口の人生ドラマというわけか。見方を変えれば、手ごたえのある異色のロマンを味わったことになる。

あの時の燃えるような情熱は、さすがに今はない。なにぶん四〇年以上も前のことだ。青春の光と陰は、もはや茫々の彼方に埋もれようとしている。

すでに齢《よわい》七十を越したのだ。今のうちに書き残しておかないと、時期を逸してしまうのではないか……。いや、祖国のために若くして散っていった人たちに申し訳ない、といつか義務感にとらわれるようになった。あえて出版した理由である。

平成五年二月

元海軍軍医中尉　加畑　豊

参考文献＊雑誌「丸」昭和六十二年二月号別冊付録・「日本の軍艦大事典」潮書房＊雑誌「丸」スペシャル「マリアナ沖海戦」「戦艦長門・陸奥」「日本の空母Ⅲ」「日本の駆逐艦Ⅰ」「日本の駆逐艦Ⅱ」潮書房＊淵田美津雄・奥宮正武「機動艦隊」朝日ソノラマ＊山崎三朗「地獄の太平洋最前線海軍設営戦記」図書出版社＊「昭和」七、八号・講談社＊「貴様と俺とは」三〜六巻・濤光会

単行本　平成五年三月「紅の航跡」改題　東京経済刊

光人社ＮＦ文庫

最前線の医師魂

二〇〇六年五月十一日　印刷
二〇〇六年五月十七日　発行
著　者　加畑　豊
発行者　高城直一
発行所　株式会社光人社
〒102-0073　東京都千代田区九段北一-九-十一
振替／〇〇一七〇-六-五四六九三
電話／〇三-三二六五-一八六四㈹
印刷所　モリモト印刷株式会社
製本所　東　京　美　術　紙　工
定価はカバーに表示してあります
乱丁・落丁のものはお取りかえ
致します。本文は中性紙を使用

ISBN4-7698-2491-2　C0195
http://www.kojinsha.co.jp

光人社ＮＦ文庫

刊行のことば

第二次世界大戦の戦火が熄《や》んで五〇年――その間、小社は夥しい数の戦争の記録を渉猟し、発掘し、常に公正なる立場を貫いて書誌とし、大方の絶讃を博して今日に及ぶが、その源は、散華された世代への熱き思い入れであり、同時に、その記録を誌して平和の礎とし、後世に伝えんとするにある。

小社の出版物は、戦記、伝記、文学、エッセイ、写真集、その他、すでに一、〇〇〇点を越え、加えて戦後五〇年になんなんとするを契機として、「光人社ＮＦ（ノンフィクション）文庫」を創刊して、読者諸賢の熱烈要望におこたえする次第である。人生のバイブルとして、心弱きときの活性の糧として、散華の世代からの感動の肉声に、あなたもぜひ、耳を傾けて下さい。